だいわ文庫

つらくなったら古典を読もう

安田 登

大和書房

文庫版まえがき

「心」という漢字ができたのは今から3000年ほど前。それまでにも5000文字以上の漢字があったのに、その中には「心」という文字はありませんでした。「心」がないということは「悲」や「悩」のように「心」や「忄」などがつく漢字もなかった。

「ひょっとしたら昔の人には悩みなんてなかったのかも」なんて妄想したりします。

しかし、現代の私たちは「悩み」の洪水の中で溺れそうなほどです。

悩みには「昔からある悩み」と「案外新しい悩み」の2種類があります。たとえば「時間を守ることができない」という悩み。しかし「遅刻」という考え方ができたのは汽車が日本に入って来てから。列車を時間通りに走らせる、そのために時間を守る必要ができました。その「時間を守る」ということに燃えた日本人がいて、汽車の先進国イギリスよりも時間が正確になったとか。

ですから、時間を守ることができないというのは「案外新しい悩み」なのです。

しかし、新しい悩みもそのルーツをたどっていくと、その源は「昔からある悩み」だったりします。そして、その「昔からある悩み」には昔の人が解決するためのアイディアをさまざまな古典に書いているのです。

本書は、そんな古人のアイディアを紹介していますが、そういう本こそポケットに入れておきたいもの。一度ざっと読み、何か悩みができたときにポケットから取り出し、「あ、ここら辺に書いてあったな」と再度読んでいただく。あるいは、ホームで電車を待っているときとか、あるいはよく遅刻する友だちを待っているときとか、そんな徒然《つれづれ》の時間にポケットから取り出してお読みいただく。

文庫だからこその読み方です。単行本とは違う出会い方をしていただければ幸いです。

安田 登

はじめに

「明日、あの人に会うの、イヤだなぁ」という不安、「老後、ひとりで寂しくないだろうか」という心配。上司に怒鳴られるだけでパニックになりそうになる恐怖心。多くの現代人が苦しめられているこのような心の重圧は、はるか昔には存在していませんでした。

いまからおよそ3300年前、古代中国の殷《いん》（商）の時代に「羌《きょう》」と呼ばれる部族の人たちがいました。彼らは祭礼の生贄《いけにえ》として動物たちとともに殺され、神に捧げられました。生贄として殺される部族がいるというのもひどい話ですが、それだけではなく、羌族の人たちは狩猟の際に動物たちと一緒に狩られたりもしたのです。

しかも、かなり長い間、彼らは「狩られる民」としての扱いを受けていたらしい。

この話を聞いたとき、「なぜ羌族の人たちは黙って狩られていたのだろうか」と思いました。唯々諾々と生贄として殺されたのはなぜか。

しかし、牛や豚もそうですね。あるとき、一緒の囲いに入れられた仲間が連れて行かれる。そして帰ってこない。なぜ、牛や豚は叛乱《はんらん》を起こさないのでしょうか。

それは「次が自分かもしれない」という想像ができないからではないでしょうか。未来を認識する力がない。

これは小さい子どももそうです。「お母さんが帰ってくるまで、これを食べるのは待っていようね」といって理解できるのは、ある程度の年齢になってからです。未来を認識し、予測する力を手に入れるのは6歳から10歳くらいだといわれています。幼児には時間感覚は希薄です。羌族の人たちは、幼児と同じく未来を認識する力がなかったのではないか、そう思いました。未来がなければ不安もなく、恐怖もありません。

過去や未来などの時間を認識する力を、古代中国の人たちは「心」という文字で表しました。「心」がなければ時間がないのですから恐怖心もありません。

ちょっと想像してみましょう。羌族の中に偶然、時間を認識した人が生まれた。「心」が生まれたのです。「ひょっとしたら、明日、自分が殺されるのではないか」と思った。「心」が生まれたことで、いままで感じなかった恐怖心や不安が彼を苦しめたでしょう。

古代中国で「心」はこのように書かれました。

まるで男性性器です。男の子が恐怖を感じたときに「ちんちんが縮こまる」といいます。「心」は恐怖の象徴だったのでしょう。

恐怖や不安は伝播《でんぱ》します。やがて他の羌族の人たちも自分たちの運命を理解するようになります。「なぜ、こんな苦しみを俺たちに教えたんだ」と皆から責められたかもしれません。しかし、羌の人たちはやがてその境遇から脱出する道を考えるようになりました。

殷を倒した最大の功労者のひとりである太公望《たいこうぼう》という人は羌族出身だという説もあります。恐怖や不安は未来を変えるための希望の装置なのです。

しかし、それでも恐怖や不安はツライ。それは、「心」が発生当時から持っていた副作用です。それを何とかしようとして書かれたのが第6章で扱う『論語』です。

『論語』に限らず、あらゆる古典は心の副作用の処方箋です。古典を読みこみ、副作用への対処さえできれば、私たちは苦しみによって未来を変えることができるのです。

本書がその入り口になれば喜び、これにすぎるものはありません。

つらくなったら古典を読もう ❖ 目次

第1章

古事記

第2章

和歌

第3章

平家物語

第4章

能

第5章

おくのほそ道

第6章

論語

第1章

古事記

奈良時代。日本最古の歴史書。
神々の物語や古代の天皇の
物語が書かれる。
稗田阿礼《ひえだのあれ》が誦習《しょうしゅう》、太安万侶《おおのやすまろ》が筆録。

#「心」のなかった時代を描く『古事記』

「心なんてなければいい」、そう思ったことはありませんか。

「あんなことをしなければよかった」という後悔、「明日またイヤな目にあうのか」という不安、そういうものを生み出す「心」。心がなければ後悔もないし不安もない。穏やかな日々をすごせるかもしれない。そう思ったことはないでしょうか。

このやっかいな心が生まれたのはいつでしょうか。むろん、その発生を知ることはできませんが、「心」という文字が生まれたのは案外新しいのです。

もっとも古い漢字は紀元前1300年くらいの甲骨文字ですが、その中に「心」という文字がありません。「心」という文字がないということは、たとえば「悩む」とか「悲しむ」とか「悔やむ（後悔）」とか、そういう文字もなかったということです。「心」という漢字ができるのは、甲骨文字が生まれて300年も経ってからです。「悩む」とか「悲しむ」とか、そういう感情はひょっとしたらその頃生まれたのかもしれません。

「そんなバカな」と思う方もいらっしゃるでしょう。ご自分の最初の「後悔」や最初の「悲しみ」を覚えていますか。最初の後悔を覚えているという人がいます。三重苦の偉人として有名なヘレン・ケラーです。

ヘレン・ケラーは井戸のところでサリバン先生から「ウォーター（water＝水）」という文字を教わり、世界のすべてのものには名前があると知りました。そのあと部屋に戻った彼女は、そこにある人形の破片に気づきました。人形を壊したのはヘレン自身でした。彼女は、三重苦の苦しみと葛藤で激しい怒りにかられ、陶器の人形をつかんで、床の上に思いきり投げつけていたのです。自分がしたことにはじめて気づいた彼女は、それを元通りにしようとしました。しかし、ダメでした。このすぐあとに「私ははじめて後悔と悲しみを知った」と述懐しています。

文字を知ったと同時に、彼女は「後悔」と「悲しみ」というふたつの感情も獲得したのです。

「後悔」と「悲しみ」は「時間」がないと存在しない感情です。「不安」もそうですね。人は、文字とともに時間も手に入れ、そしてこのような感情ももつようになりました。

「心」もそうだったかもしれません。

日本語が最初に文字で記されたのは『古事記』です。『古事記』が書かれたのは奈良時代です。その時代は古代と呼ばれています。

しかし古代に書かれた『古事記』の中にはそれより以前、すなわち文字がなかった時代、前・古代の記憶が残っています。心のなかった時代の記憶です。その時代のものを読むことは、毎日、毎日「心」の重圧に責められている私たちに、新たな視点を与えてくれます。

では、前・古代の扉を開けて神話の世界に入っていきましょう。

本章では『古事記』の中から3つの神話を紹介したいと思っています。天照大御神《あまてらすおおみかみ》の天岩戸《あめのいわと》隠れ、スサノオのヤマタノオロチ退治、そして因幡《いなば》の白兎です。

毎日に息苦しさを感じているなら

……「笑い」で苦しさを打ち破る ⁘ 天岩戸神話

『古事記』、最初の神話は「天岩戸神話」です。

この神話は「**息苦しい日々を破るのには笑いが一番**」ということを教えてくれます。

天岩戸神話に登場する神様は、姉と弟。姉は天照大御神、弟は須佐之男命《すさのおのみこと》(以下「スサノオ」)です。ふたりの間には月読命《つくよみのみこと》という神様もいるのですが、この神様は天岩戸神話には登場しません。

3人のお父さんである伊耶那岐命《いざなぎのみこと》(以下「イザナギ」)は、姉弟におのおの統治する国を示しますが、スサノオだけは従わずにずっと泣いています。その泣き方がすごい。緑の山々は枯山になるほどに泣き枯らし、河や海もすべて泣き乾《ほ》してしまいました。それだけではありません。それによって荒ぶる神々の声が「狭蠅《さばへ》如《な》す皆満ち」と『古事記』には書かれます。

狭蠅《さばえ》（五月蠅）というのは5月の蠅。いままで黙っていた荒々しい神々が突然しゃべりだし、その声が5月の蠅の音のように虚空に満ちたというのです。「五月蠅い」を「うるさい」と読みますね。

5月の蠅の音というのがどのくらいかというと『日本書紀』に、大量の蠅が30メートルほどの塊になって空を飛んで行き、その音はまるで雷のようであったという記述があります。

30メートルの塊の大量の蠅も気持ち悪いですが、ここで気になるのは「いままで黙っていた悪しき神々が突然しゃべりだした」というところ。いままで黙っていた神々というのは、大祓《おおはらえ》の祝詞《のりと》によると、どうも石や木や草も含まれるようです。

石や木や草がしゃべるなんて、そんなバカな！　と思うでしょ。いま、そういう声が聞こえるという人がいたら「幻聴だよ」といって片づけられてしまいます。しかし、私たちはこの幻聴の力、すなわち本当は聞こえない声を聞く力を誰でもが持っていて、ふだんはそれをいろいろな方法で封じているのです。

たとえば、昼間にひどいことをいわれた夜。ひとりの暗い部屋に戻る。すると、その言葉が脳内に聞こえてくること、ありませんか。悪しき神々の声が響く。だからすぐにテレビをつけて、その声を封じる。

人の耳には、そういう「聞こえない音」を聞く能力が備わっています。でも、そういう音がたくさん聞こえてしまうと、それこそ「五月蠅」状態になってしまう。ですから街中にもBGMがあふれています。この「五月蠅」状態、天岩戸のところでも出てきます。何かがあると、これを止めているものが外れてしまうのですね。

さて、音が「五月蠅」状態になっただけでなく、あらゆる災いがすべて起こってしまったので、お父さんのイザナギがスサノオ命に尋ねます。

「なぜお前は泣いているのだ」

「妣《はは》の国である根之堅州国《ねのかたすくに》に行きたいんだ」

「それなら、お前はもうこの国に住むな！」

スサノオは天上世界を追い出されてしまいます。

⁘天の石屋に籠った天照大御神

天上界を追い出されたスサノオ命は、お姉さんである天照大御神にお別れの挨拶をしに行きます。お姉さんの住んでいるのは高天原《たかあまのはら》。スサノオ命はそこに向かうのですが、もともとすごいエネルギーを持った神です。彼が移動するだけで、山や川がぐらぐらと揺れ動き、地面も震動しました。

お姉さんは、「弟は私の国を奪いに来るのでは」と軍装して待ち構えます。スサノオ命にその気はありません。それはウケヒという占いのような儀式によって証明されます。

と、ここまではいいのですが、これでいい気になったスサノオ命は暴虐の限りを尽くすのです。これがほんとうにめちゃくちゃ。**お姉さんの田んぼの畔《あぜ》を壊したり、田に引く水路を埋めたり、さらには大嘗祭《だいじょうさい》の御殿にウンチをまき散らしたりします。**まるで子どもですね。

それでもお姉さんは「弟があんなことをするのは悪気があるわけではないのです」とかばいます（詔《の》り直《なお》す）。しかし、スサノオ命の暴虐はエスカレートします。

そしてある日、お姉さんが聖なる服織屋《はたおり》で祭礼のための神衣を織らせていたときのことです。スサノオ命は、その服織屋の棟に穴をあけて、天の斑馬《ぶちうま》という馬をお尻の方から皮を剝《は》いで、その穴から落としました。これに驚いた服織女のひとりが、その陰部に梭《ひ》を突いて死んでしまいました。天照大御神はこれを見て畏れ（見畏《みかしこ》み）、天の石屋の戸を開いて籠ってしまいました。するとどうなったか。

高天原は完全な暗闇になり、地上の世界である葦原中国《あしはらのなかつくに》もすべて闇になってしまったのです。そして一日中、夜ばかりが続くようになり、さまざまな神々の声が5月の蠅のように満ち満ち、あらゆる災いがすべて起こった。

また、出ました。「五月蠅」状態。これは大変です。

∴神々のミーティングは分業制

困った八百万《やおよろず》の神たちは、天の安の河原というミーティングの場に集まります。ちなみに日本の神様は何かあるといつもここに集まって会議をします。

神様のすごいところは役割分担がしっかりしていること。「思金神《おもいかねのかみ》」という思考を専門にする神様に「思はしめ」る。すなわち「どうしたらいいのか」を考えさせるのです。

思考を専門にする神様がいるって、いいでしょ。大事な問題は片手間では考えられません。会社などでも、よく「あの案件、考えておいて。よろしく」などと振られることありませんか。「私だって他の仕事で手いっぱいなんです」というと「考えるだけならできるでしょ」なんていわれたりします。そんな状態で考えても、抜本的な解決策どころか、いい考えすら出るはずがない。それに対して、思考の専門の神様を作っておく、さすが神様です。

だいたい、問題というものは、自分で考えるのは難しい。なぜなら、問題に感情が加わるからです。問題はどんな問題であれ、多くは「解決可能な単なる問題」なはずです。しかし、それが自分の問題になった途端に感情が加わるので、考えるのが突然難しくなる。

昔から「岡《おか》目《め》八《はち》目《もく》」といって、他人の問題にはいい解決策が出やすいものです。ましてや、問題解決の思考専門神、思金神がいる。

こんな神様、ひとり欲しいです。周囲にそんな人がいればいいのですがなかなかいません。話を聞いてくれるだけならまだいいけれども、ありきたりのアドバイスなどをする人ならむしろいない方がいい。

そういうときは、仕方ない。**自分の中に思考の専門の神様、「思金神」を作るしかありません。**自分を責める言葉を発する「悪しき神々」を頭の中に飼っている私たちです。「思金神」の育成だってできるはずです。

思金神は、いくつもの戦略を立てますが、そのメインは、天宇受売命《あめのうずめのみこと》に**岩戸の前で舞を舞わせる**というものでした。

この本を書いていた頃は、新型コロナウイルスで世界中が大変な状況でした。天岩戸神話のときはおそらくもっと大変だったはず。そんなときに、たとえば厚労大臣が**「富士山のてっぺんでダンサーに踊らせよう」**なんていったら大炎上でしょう。

しかし、思金神のアイディアには誰も文句をいわなかった。それは彼が思金神で、いままでも突飛な、そして素晴らしいアイディアを出していたからでしょう。

では、思金神のアイディアをひとつひとつ見てみましょう。

まず常世の長鳴鳥《ながなきどり》（おそらく鶏）を集めて鳴かせる。

次に巨大な鏡を作らせる。作り手は「天の男性性器」という意味の名前の天津麻羅《あまつまら》と「それを石のように固くする」という名前の伊斯許理度売命《いしこりどめのみこと》。すごい名前です。

また、巨大な勾玉《まがたま》をたくさん連ねた数珠（八尺《やさか》の勾璁《まがたま》の五百津《いほつ》のみすまるの珠《たま》）も作らせる。作り手は「玉の祖先」という名の玉祖命《たまのおやのみこと》。

そして天児屋命《あめのこやねのみこと》と布刀玉命《ふとたまのみこと》を召喚し、まずは占いをさせ、祝詞を奏上させました。その時に使った御幣《ごへい》がすごい。御幣というのは神社で神主さんがお祓《はら》いのときに振る、あれです。どのくらいすごいのかというと、まず天《あま》の香山《かぐやま》の榊《さかき》の木を根こそぎ掘ります。そして、その榊の上の方の枝には巨大な数珠を掛け、中の枝には巨大な鏡を掛け、そして下の枝には白い楮《こうぞ》の布と青い麻の布を垂らし、それをぶるんぶるん振って祝詞を奏上するのです。

しかし、ここまでは準備段階。ここからが「天照大御神引き出し作戦」の本番です。まずは大力の神様、天手力男神《あめのたぢからおのかみ》が戸のわきに隠れます。天照大御神がちょっとでも顔を覗かせたら引き出すためです。

そして、いよいよこの作戦の中心となる**ダンス**です。ダンサーの名前は天宇受売命。彼女は日本の芸能のルーツ神でもあります。

彼女はダンスに際して、さまざまな植物を身にまといます。まずは天の香山の「天の日影蔓《ひかげかずら》」を襷《たすき》にし、「天の真折《まさき》」という葛を髪に飾り、天の香山の「小竹《ささ》の葉」を束ねて手に持ちます。体中に植物をまとうのです。そして、天照大御神が籠ってしまった天の石屋の戸の前に桶《おけ》を伏せて置き、その桶をどんどん、どんどんと踏みとどろかせて、神懸《かみが》かりします。そして乳房をかき出し、下衣の紐《ひも》を前に垂らして、胸も性器も強調して舞います。

すると高天原はぐらぐらし震動し、八百万の神たちはその震動に合わせて笑いました。

この様子を不思議に思った天照大御神は石屋の戸を少し開けます。

「この暗闇の中、なぜ天宇受売は舞い遊び、八百万の神々は笑っているのか」

天宇受売命が「あなた以上に貴い神がおいでになっていらっしゃるので」と答え、鏡を天照大御神に見せると、そこに映るのは貴い神の顔。天照大御神はさらに不思議に思い、戸口からちょっと出てきました。**その瞬間、隠れていた天手力男神が天照大御神の手を握って引き出しました。**そして、しめ縄を天照大御神の後ろに引き渡し「これでもう石屋の内にお戻りにはなれません」と申したのです。

それで神々の世界である高天原にも、そして人間世界である葦原中国にも日の光が射してもとの明るい世界に戻りました。

天照大御神をこの世界に引き出し、明るい世界に戻したのは、神々の笑いであり、それを引き起こした天宇受売命の舞だったのです。

⁘笑いのすすめ

全世界が暗闇になり、それがずっと続いている状況は私たちにもあります。

悪いことばかりが続いて起こり、私の苦しみや悲しみをわかってくれる人は誰もいない。それどころかひどいことばかりいう人が周りにはたくさんいる。「五月蝿」状況になって、ひどい言葉だけが脳内に鳴り響く。

この苦悩は、これからもずっと続くんじゃないかと思ってしまう。これは多くの人が体験しています。世界は暗闇だと感じてしまいます。天岩戸神話は、そんな私たちの日常の象徴かもしれません。

天岩戸神話で明るさを取り戻したのは「**笑い**」でした。

「もうダメだ。世の中、闇だ」

そう感じたら、そこから抜け出すのには笑いが一番いいのです。

「わらい」の語源は「わる（割る）」だといいます。**いまの閉塞状況を打ち割って、新たな光を見せてくれるもの、それは笑いしかありません。**そして、『古事記』では笑いに「咲」という漢字を当てています。「咲く」の語源は「裂く」です。固いつぼみを「裂いて」、花は「咲き」ます。

いまの閉塞状況をバリバリに引き裂いてくれるのが「咲」である「わらい」です。**笑いは再生のためのツールなのです。**

しかし、天岩戸神話では、その前には深淵《しんえん》のような暗闇がありました。**笑いの前に必要なのは落ち込むことです。**仕事も休み、学校も休み、人間関係も一時断《た》って、とことん落ち込む。お笑いライブを見る前に、暗い歌を何時間も何日も続けて聞いて、涙を流す。できれば声を上げて泣く。

ジェットコースターは、すごいスピードで落ちるから、また上がってくることができます。気が済むまで落ち込むのにどのくらいかかるかは人によって違います。とことん落ち込むことです。そこでやっと笑いです。笑いは「割る」でした。「裂く」でした。

「割る」や「裂く」は笑いだけではありません。テニスや野球が得意な人ならば、ボールを打つのもいいでしょう。あるいはベッドをバットで打つのもいい。お皿を割ったり、紙や服をビリビリに引き裂いたりするのもいい。しかし、人や動物はダメですよ。

そして、終わったら大笑いします。大笑いして、あなたの中の岩戸に隠してしまった天照大御神を引き出しましょう。

天岩戸神話

弟、スサノオのやんちゃがすごくて
天照大御神は隠れてしまった
しん…
暗っ
どうする？
どうする？
ちょっとでも出てくれれば俺が引っ張り出す
天手力男神だよ
どうやって？
天の安の河原ミーティング
そこで私
アマノウズメノミコト！
困難を突破するのは
ユーモア

どっ
にやり
そ…
…
だってみんなが楽しそうだから
楽しいのがいちばん！

自分より強くてイヤなやつがいるなら

……あまりに強大な敵にはだまし討ちもいい ⁘ ヤマタノオロチ退治

天岩戸神話のあと、スサノオ命は追放されました。神々の命令で、たくさんの償いの品物を取られ、また鬚《ひげ》と手足の爪とを切られ、そしてお祓いをされて天上界から追放されたのです。スサノオ命は「罪びと」とされました。

今回の神話に入る前に、まず日本の「罪」についてお話ししておきましょう。

よく「罪と罰」といいますが、これはちょっと変です。だって「罪《つみ》」は訓、「罰《バツ》」は音です。日本にもともとあった訓と中国からの輸入の音、本来、一緒に語るべきものではありません。

どういうことかというと昔の日本には「罪をおかした人は罰する」という考え方自体がなかったのです。じゃあ、どうしたか。

「はらう」のです。「はらう」というのはお祓いの祓いもありますし、追放の追い払うもあります。現代ならば罰金を払うも「はらう」ですね。

スサノオ命の「償いの品物」と「鬢と手足の爪」は現代でいえば罰金です。「身銭を切る」といういいかたもします。身体に属しているけれども、それを切り取っても支障のないもの、それが鬢と爪です。このほかには髪を切るということもあります。いまでも反省のために坊主になる人がいます。

「お祓い」をして、そして「追放」される。これが古代の罪に対する償いの方法でした。

❖スサノオとヤマタノオロチ

さて、追放されたスサノオ命は出雲国《いずものくに》の肥《ひ》の河の川上にある鳥髪《とりかみ》という地に降り立ちました。するとさらに川上から箸が流れてきました。

箸を見つけたスサノオは、川上に人がいると思い、川をさかのぼっていくと老夫と老女が泣いています。ふたりの間には娘がいました。

スサノオが尋ねます。

「お前たちは誰だ」

「私は国つ神で、大山津見神《おおやまつみのかみ》の子です。名は足名椎《あなづち》、妻の名は手名椎《たなづち》、そして娘の名は櫛名田比売《くしなだひめ》と申します」

「なぜ泣いているのだ」

「私たちには8人の娘がいました。しかし、ほかの娘たちは、一年に一度やってくる高志《こし》のヤマタノオロチに食べられ、この子が最後のひとりなのです。そしていまはオロチがやってくるとき。だから泣いているのです」

「そのヤマタノオロチとかいうものはどのような姿をしているのだ」

「ほおずきのような真っ赤な目をして、ひとつのからだに8つの頭、8本の尾があります。からだには苔や檜《ひのき》や杉が生えていて、その大きさは谷を8つ、尾根を8つ渡るほど大きく、その腹は血に赤く爛《ただ》れています」

スサノオ命は老夫婦に「お前たちの娘を私にくれるか」と尋ねます。老夫婦が「怖れ多いことですが、まだお名前を承っておりません」というと、「私は天照大御神の弟だ。いま高天原から天降《あまくだ》りしてきたのだ」と答える。すると老夫婦は「それは怖れ多いこと。差し上げましょう」と娘を与える約束をするのです。

スサノオは、**その乙女を櫛《くし》に変え、自分のみずら（髪）に刺して**老夫婦にいいます。「お前たちは、**何度も醸造した強い酒**（八塩折《やしほをり》）を作りなさい。そして、垣を作り、その垣に八門を作り、門ごとに8枚の桟敷《さじき》を敷き、その桟敷ごとに酒船を置き、その酒船ごとに何度も醸造した強い酒を入れてオロチを待ちなさい」

スサノオの命のままにして待っていると、ヤマタノオロチが言葉の通りにやってきました。そして、8つの酒船に8つの頭を突っ込んで酒を飲みほすと、オロチは酔っぱらって動けなくなってしまいました。

そこでスサノオが十拳《とつか》の剣《つるぎ》を抜いて、その大蛇をバラバラに切り刻むと、肥の河は血のように真っ赤になりました。

オロチを切ったときに、スサノオの太刀の刃が欠けました。不思議に思って、太刀の先でその尾を刺して割いてみると、そこから《ツムガリの太刀》が出てきました。

そこでこの太刀を取り出したのですが、あまりに異《け》しき（不思議な）物なので、天照大御神に奉ったのです。
これがいまの草那芸《くさなぎ》の太刀です。

∵強すぎる敵にはだまし討ちもいい

これは「ヤマタノオロチ退治」と呼ばれる神話です。「ヤマタノオロチ退治」神話から学べることは**「強大な敵にはだまし討ちだっていい戦略だ」**ということです。

だって、体の大きさが、山が8つ分もあるような超巨大な怪物です。**ふつうに戦って勝てるはずがない。**こういう敵にはだまし討ちが一番です。

たとえばプロボクサーが小学生を殴ろうとしたとしますね。そのときに小学生がズルい手を使っても文句をいう人は誰もいないでしょう。

プロボクサーと小学生というのは極端な例ですが、**そうでなくとも強い奴が弱い人に何かをするという時点で、もうそれだけでズルいのです。**弱い人はだまし討ちでも何でもしていい。

ふだんから上司や立場の強い人に何かをいわれたり、意地悪をされたりしている人。あるいは周囲にすぐにマウンティングを取ってきたり、口がやけに達者だったり、存在自体が強圧的だという人がいる。そんな人にはスサノオ命が使ったような方法を使うべきなのです。

⁘スサノオ式　オロチ退治の3ステップ

スサノオ命が使った方法とは何だったのか。それを戦略的に見てみましょう。

〈一〉自分の弱点を客体化する

この戦いにおいてスサノオ命が最初にしたことは櫛名田比売と結婚し、そして彼女を櫛に変え、自分の髪に刺したことです。**櫛名田比売はオロチに狙われている存在であり、そして戦闘中、最大の弱点になります。**下手をすると足手まといになります。

現実生活でいえば、櫛名田比売とは自分の中の弱い部分です。イヤな奴から何かをいわれてイヤな気分になる。そのときに突かれるのが自分の弱いところです。これをどう扱うかがまずは大切なのです。

スサノオ命がしたことは、まず彼女を自分の妻にしました。それから櫛に変え、そして自分の髪に刺しました。妻にしたのは、老夫婦から彼女を離した。そして次に彼女を物体にした。

人から攻撃される自分のある面、たとえば「仕事がのろい」とか「仕事が雑だ」とか、そういう面があるとします。私たちは、これと自分とを同一化しています。たとえば「私はのろい」とか「私は雑だ」とか。「私」とその面とを「be動詞」でつないでしまっています。

しかし、それはあなたではありません。まずは、それと自分を「脱同一化」します。脱同一化については第6章を見てください。

〈二〉敵の弱点を探す

次にすることは敵の弱点を探すことです。

どんな敵にも必ず弱点はあります。それを探します。オロチにとっては酒でした。「そんなの見つけられない」という方。そんなことはありません。**まずは「見つけるぞ」と決め、それから仕事をするときのようにいろいろとリサーチをします。**

私は学生時代に探偵のアルバイトをしたことがあります。徹夜で張り込みをするようなキツイ仕事です。しかも、15秒目を離すと、お店の扉から出た相手はどこかに消えてしまい、張り込みは失敗です。一瞬たりとも目を離せません。そのくらい真剣に探します。相手をオロチだと思って。

〈三〉最良の武器を使う

この神話は、日本にもともといたオロチ族と、そして大陸や半島からやってきた大和民族との戦いだという人もいます。ネイティブ・アメリカンの人たちも、もともとはお酒を飲まない人たちでした。しかし、ヨーロッパからやってきた移民たちに酒の味を教えられ、騙されるようにアメリカ大陸を取られてしまいました。

日本の原住民は米を知りません。酒といえば果実酒だったでしょう。**ところがスサ**

ノオ命が使ったのは米の酒、しかも何度も何度も醸した強い酒です。最新の兵器です。私たちも強大な敵には最新の兵器を使いたいものです。兵器といっても武器である必要はありません。現代ならばインターネットやSNSや、そのようなものも兵器になります。

ただし、もしあなたが「復讐《ふくしゅう》」をしたいと思っているのならば、ひとつ注意があります。

それがどんなにうまくいっても、必ずあなたにそのしっぺ返しがくるというものです。「人を呪わば穴二つ」です。

あなたの目的は何なのか。相手をぎゃふんといわせたいのか。相手に謝らせたいのか。

よくよく考えると、そういうのはどうでもいいことだと思えるかもしれません。

日本では芸能の民は敗者でした。**彼らの芸能は負けた者が勝った者の前で、負けたさまを永遠に演じさせられるという屈辱の芸能でした。**「見られて、笑われる」という受動的な芸能を、「見せて、魅せる」という能動的なものへと逆転させたのが日本の芸能民たちでした。能もそのひとつです。「見られる」ときには恥ずかしいけれども、「見せる」になればこちらが強い。

自分が充実して幸せになり、それを相手に見せる。

「優雅な生活」こそが最大の復讐です。

ヤマタノオロチ退治

スサノオは追放されてしまいました
追放された先で
ヘビ退治してくれない？
足名椎です
娘が危ないんです
クシナダヒメ
ドキッ

追放されたのに
"クシに変身できるの?"
ハイ
冒険とロマンス…?
あとはもう
酒じゃー
くれー
とりゃー
結局はめでたしですね
俺ってズルいかな?

いま、いじめられているなら

……迫害された者が英雄になる ⁘ 因幡の白兎

次の神話は「因幡の白兎」、大国主《おおくにぬし》の話です。

大国主の神様にはたくさんのお兄さんたちがいました。お兄さんたちはみな、稲羽（因幡）の八上比売《やかみひめ》と結婚をしたいと思い、そろって出かけました。

大国主も一緒に行きましたが、一番年下でしたので、お兄さんたちの荷物をすべて持たされて従者としてついて行きました。**みんなのランドセルを持たされている小学生のような扱いです。**

兄神たちが気多《けた》の岬《さき》に着いたときに裸のウサギが臥《ふ》せっていました。兄神たちはウサギに向かって、「海水を浴び、風に当たって、高い山の尾根で臥せっていなさい」とアドバイスをしました。

ウサギはその通りにしましたが、海水がだんだん乾いてくると、皮膚が風に吹かれて裂けてしまったのです。

その痛みに、ウサギが苦しみ泣き伏しているところに遅れてやってきたのが大国主。まだこのときのお名前は大穴牟遅神《おおあなむぢのかみ》です。「どうして泣いているのか」とお尋ねになります。

「私は淤岐《おき》（隠岐）の島に住むウサギです。この地まで来たいと思っておりましたが、海があって渡ることができませんでした。そこで海のワニを騙そうと思い、次のようにいいました。

『私の一族とあなたたちの一族、どちらが多いか比べてみませんか。あなたは一族のワニをすべて連れてきて、この淤岐の島から気多の岬まで、全員並んで伏してください。私はあなたたちの背中の上を踏んで走りながら数えて渡りましょう。そうすれば私の一族とあなたの一族、どちらが多いかを知ることができます』と。

ワニ族のみなが騙されて並び伏したので、その上を踏みながら数え渡りました。そして、いま地面に下りようというときに、『やーい、おまえたちは私に騙されたんだよ』といったら、端にいたワニが私を捕まえて、着ている物をすべてはぎ取ったのです。それで泣いているところに、先に行った大勢の神たちが『海水を浴びて、風に当たって臥していなさい』と教えてくださったので、そのようにしていたら私の体は傷だらけになってしまったのです」

そこで大穴牟遅神はそのウサギに次のように教えました。

「いま、すぐにここの河口に行きなさい。そして、真水で体を洗い、そこにある蒲《がま》の花を敷き散らし、その上でころがれば、おまえの体はもとのように治るよ」と。

教えられた通りにするとウサギの体はもとの通りになった。これが稲羽の素兎《しろうさぎ》（因幡の白兎）です。そこでウサギは次のように予言をしました。

「あのお兄さんの神たちは八上比売と結婚することはできないでしょう。いまは荷物を背負って従者のようにされていますが、あなたが八上比売と結婚することになるでしょう」

ちなみにこのウサギ、あとで「兎神《うさぎがみ》」になります。

先に到着していたお兄さんたちは八上比売に結婚を申し込むのですが、八上比売はこう答えます。

「私はあなたたちの言葉は聞きません。大穴牟遅神と結婚します」と。そして、大穴牟遅神、すなわち大国主命と結婚をするのです。

∵欠落を抱えることは、聖なる印

神話には、このように迫害されていた者が英雄になるという話が多い。

古代中国の殷（商）を作った湯王《とうおう》の軍師になった伊尹《いいん》は、湯王と親しくなるために、わざと低い身分の者の姿になり、背中に重い鼎《かなえ》（青銅の鍋）を背負って殷の国に入りました。大国主命のようです。

中国の『論衡《ろんこう》』という本によれば、古代中国では聖人たちはみな身体的欠落を持っていました。精神的な欠落を抱えた人もいます。

第6章で扱う『論語』を書いた孔子も、身体的な欠落がありました。また、それだけでなく貧しい卑賤《ひせん》の生まれであり、両親の結婚も祝福されたものではありませんでした。孔子は身体的、社会的にも欠落を持って生まれました。

そういう人は、迫害され、差別されながら育つことが多い。**しかし、身体的・精神的欠落を持つことや、出生において欠落を抱えて生まれてくるということこそが、古代の中国や日本では聖なる印であり、聖人になるための必須条件でした。**

そういう人は「**君子**」と呼ばれました。そしてふつうの人は「小人《しょうじん》」と呼ばれたのです。

欠落こそが聖なる印であるという考え方は、古代中国や日本だけではありません。『新約聖書』の平地の説教（「ルカによる福音書」）で、イエスは「貧しい人々は幸いである」と人々に語りかけました。「貧しい」は、ギリシャ語では「プトーコス」です。この「プトーコス」は、ただ貧しいという意味ではありません。人から迫害され、さげすまれ、足蹴にされ、体を屈曲させて身を守っている姿、それが「プトーコス」です。

この場面は「マタイによる福音書」では「心の貧しい人々は幸いである」と書かれています。心の貧しい人々の「心」はギリシャ語では「プネウマ」です。「プネウマ」は、心という意味以外にも、魂や息という意味もあります。苦しみやつらさのために地面に跪《ひざまず》いて身体を折り曲げ、息をすることすらままならない、そのような人々が「心の貧しい人々」です。

そして、イエスは「天の国」はそのような人々のものであると断言します。**欠落こそ天の国へのパスポートであり、聖人への道なのです。**

⁘「器官劣等性」と「過補償」

このことは近年では心理学でも説明されています。アドラーの「過補償」です。

すべての人は「ほかの人と対等と感じたい」という欲求、**《対等への欲動》**をもって生まれてくるとアドラーは考えます。しかし、人はひとりひとり違うわけですから「ほかの人と対等」なんていうことはあり得ません。

すなわち、すべて人は「自分は劣等である」というスタンスから人生をスタートするということです。どんなに偉そうな人だって、みんな心の中では劣等感を抱えているのです。

この、対等への欲動を「小人」は「みんなと一緒」、すなわち多数派に入るという行動によって満たそうとします。しかし、「みんなと一緒（多数派）」というのも幻想なので、その人は常に「自分はいつか仲間外れになるのではないだろうか」と不安でびくびくしながら生きることになります。そのびくびくの反動が偉そうな態度になったり、仲間以外の人への攻撃になったりもします。

ところが「みんなと一緒」ということができない人がいます。それが、欠落を抱えた人です。身体的、精神的に欠落を抱えていなくても「みんなと一緒がイヤ」という人もいます。現代日本ではそういう人はやはり欠落を抱えた人としてカテゴライズされてしまいます。

しかし、そういう人こそ君子になれるし、幸いなのです。

ところでアドラーは**器官劣等性**ということもいっています。たとえば目や耳という器官に欠落（劣等）を抱えた人がいます。そういう人は、自分が欠落を抱えた器官の行う行為により強い関心を持ち、それを克服しようとする。これを補償といいますが、それによって優れた成果を得ることもあるというのです。

たとえばベートーヴェンの優れた交響曲は、彼の聴覚の能力が落ちてから生み出されました。モネの「睡蓮」は視力が落ちてからの作品です。言語障害があった人が雄弁家になったという例もありますし、小児麻痺《しょうにまひ》を克服して大統領になったフランクリン・ルーズベルトもいます。

このような例を**過補償**と呼びます。心理学では問題とされることもある過補償ですが、アドラーはそれをよしとしますし、それこそが「君子」への道だということを歴史が示しています。

そのような欠落がない人は「小人」、ふつうの人として生きればいいわけです。**しかし、どうも生きづらい、そういう方には君子への道が約束されています。**

過補償が起こるのは脳の仕組みとも関係しているといわれています。やる気を出すドーパミンは苦手なことを克服するときのほうがより多く分泌されるというのです。得意なことをするときには、あまり分泌されないらしい。だからこそ貧しい人は幸いであり、欠落を持った人は聖人になれるのですね。

⁘バカでいるメリット

最後に私のことを話させてください。

私の故郷は田舎の漁村で、高校進学率40パーセントを切るという中学を卒業しました。そんな中学からふつうの高校に入学したのですが、最初の試験で後ろから2番目という成績を取りました。

ひと学年400人以上いる高校の後ろから2番目。想像つきますか。かなりショックです。むろん最下位の人もいれば、後ろから2番目の人もいるのは当然です。それでもショックなものはショックです（ちなみに最下位の奴とは1点差、それ以来、ずっと親友です）。

しかし、これがよかった。

ほとんどの先生は「安田はバカだ」と思っています。

ということはどんなバカな質問をしても大丈夫なのです。「こんな質問したらバカだと思われるんじゃないか」、「ほかの生徒から笑われるのではないか」、そういう心配が一切ない。

これはそれから先に何かを勉強するときにも役に立ちました。最初、まったくの無知として講座に参加するのです。先生から「できない奴」と思われていると、何でも質問できます。

そのおかげで、クラスの10パーセントしか合格しなかった試験にも合格することができました。語学を学ぶときもこれです。

能を始めたときもそうでした。私は能をまったく知らない状態で入門しました。声も出ないし、動きもできない。だからこそ、先生は「こいつにはちゃんと教えなければ」と思ってくださった。

これに慣れると、周囲の人の目が最初はどんなに冷たくても、全然平気になるのです。

因　幡　の　白　兎

兄弟みんなでヤカミヒメと婚活しようぜ！
イェ〜〜イ
末っ子のオオクニヌシ
おまえは荷物持ち！
ガーン
はあはあ遅れちゃう…
ん？
ぴ〜
どうして泣いてるの？

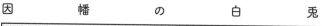

かくかくしかじかで
あなたのお兄さんたちに騙されました
ポッ
ポッ
本当にごめんね
…
でもヒーローは遅れてやってくる
ヤカミヒメと結婚できるのはあなたです！
ええー！
ウサギの予言は当たりました。

第2章

和歌

日本の詩である和歌。
昔の恋には和歌が必須だった。
万葉集、古今和歌集、
新古今和歌集などがある。

気持ちを「歌」で表してきた日本人

日本は「歌」の国です。和歌の国です。

日本には「勅撰《ちょくせん》和歌集」という、天皇・上皇の勅命によって編纂された歌集がありました。お隣の中国は、歴史書はたくさんありますが、詩集となると、唐代に至るまで勅撰のものはありません。

なぜ日本では勅撰和歌集ができるほど和歌が特別扱いされたのでしょう。

それは和歌には特別な力があると思われていたからです。

平安時代の歌人、紀貫之《きのつらゆき》が書いたといわれる『古今和歌集』の序文には歌の力として、天地を動かし、先祖の霊や神をも感動させる力があるとあります。天地や霊、神などの非人間をも動かしてしまうのが歌なのです。むろん、人間も動かします。歌は、異性や勇猛な武士、そんな人も動かしてしまいます。このようなパワフルなツールだからこそ「勅撰和歌集」が編まれ続けました。

紀貫之は、歌の種は私たちの心にあるともいいました。私たちの心の中には、さまざまな感情が沸きおこります。それが種です。

その多くは「悲しい」とか「つらい」とか「楽しい」とか、そういう言葉として認知されますが、その感情を表す適切な言葉がみつからなかったとき、歌人や詩人は、たとえば「大空のような思い」や「冬の日のような気持ち」などのようにそれを事物に託して歌います。

心の種は、自然の景物《けいぶつ》として花咲くのです。豊かで美しい日本の自然と、私たちの心が歌を通じて、一体化する。それも歌の力です。

本章では、日本人にとって大切な和歌を読みながら、次のようなことを考えていきたいと思います。

まずは、ストレスと和歌との関係です。私たちは、いつの間にかストレスだらけの生活をしています。しかし、これは昔の人も同じこと。ただ、現代の問題はそのストレスを解消するための方法である「呼吸」がとても浅くなっていること。そこで、ストレスに対処するための呼吸について、和歌から学びましょう。

そして、みなさまにも和歌を作っていただきたいと思っています。短歌の作り方も学びます。

次は和歌と「旅」です。日本の各地には、和歌がベースになった「歌枕」という名所がたくさんあります。そこに行くと不思議なことが起きる……というか、旅人が不思議なことを呼び起こすのです。そんな歌枕をたどる旅を提案します。

和歌を詠みながら歌枕を旅する。そんな風流な生活をしていると、日常の悩みも小さく感じてしまうでしょう。

最後は「恋」です。『古事記』の時代、恋に悩む人なんて（ほとんど）いませんでした。『万葉集』時代の恋もかなりおおらか。しかし、だんだん恋は「悩むもの」に変わってきます。そして、明治以降、恋はさらに人を苦しめるようになりました。苦しい恋もいいですが、古代人のおおらかな恋の歌を読みながら、恋のきままさも学んでみましょう。

ストレスがたまってしんどいときは

……「あはれの呼吸」で心をコントロールする

ストレスという言葉が日本に入ってきたのは太平洋戦争後で、言葉としては新しいものですが、むろん人は昔からストレスを抱えて生きてきました。

自分のストレスを、他人に当たることによって解消しようとする人がいます。立場の強い人がよくします。自分よりも弱い人を瞬時に見つけて、その人に自分のストレスをぶつけるのがうまいというイヤな奴がいます。

しかし、こんなことをしていては周囲から人がいなくなります。そこでもっと安全な方法を使うことを昔の人は考えました。

それが歌です。

「歌」の語源は「うつ（打つ）」だという説があります。ストレス解消のためにカラオケで大きな声で歌を歌ったりします。歌は、ストレス解消の一番のツールだったのです。

人を打つのではなく、空気を打つ、それが歌です。

そして、歌によるストレスへの対処は、それをうまく使えば、ストレスを行動エネルギーに変換させる力がある。ストレスを弱めるのではなく、むしろそれをエネルギーに変える。それが歌の力です。

それを上手に使った人の代表が織田信長です。信長は桶狭間《おけはざま》の戦いという最大のピンチを前に「人間五十年　下天《げてん》の内をくらぶれば　夢幻の如《ごと》くなり」と謡《うた》い舞いました。

信長はなぜ桶狭間の戦いの前にわざわざ『敦盛《あつもり》』を謡い舞ったのか。それは、信長はふだんから舞と謡《うたい》を稽古することによってストレスを行動エネルギーに変換する、その力を持っていたからです。

⁘「あはれ」のもとは深いため息

歌は感情を言葉にしたものです。感情を表すさまざまな言葉で、もっとも原初的なもののひとつが**「あはれ（あわれ）」**です。

「あはれ」は高校の古文の授業で悩まされる単語のひとつですね。意味がたくさんあります。

しかし、**「あはれ」のもとは「あは（ああ）」という深いため息です。**

ため息というのは「溜めた息」です。内臓の奥から出てくる深い息、それが「あはれ」です。いまの私たちのため息はだいぶ浅いですね。

「あはれ」に似ているけど、それよりちょっと弱いのが「かなし」です。「かなし」は胸がつまる感じ。それに対して、「あはれ」はお腹の奥の方、とても深い内側の感情です。

大きなストレスがあるとお腹が痛くなったり、下痢になったりすることはありませんか。それはこの「あはれ」が引き起こす身体症状です。お腹が痛くなるような「あはれ」の感情は、内にためておくと大変です。

それを息として外に出すのがため息であり、それを声に出して外在化すると歌になるのです。

このような歌があります。

あはれてふ　ことだになくは　なにをかは　恋の乱れの　束《つか》ね緒《を》にせむ（読人知らず）

束ね緒というのは、たとえばいくつもの風船を束ねるときに使う紐です。この歌は**「あはれ」という言葉がなかったら、恋が乱れて飛んでいってしまう。それをまとめる束ね緒が「あはれ」**だというのです。

昔の人の恋はとても切実でした。恋が乱れると、こんな風になってしまうという歌を紹介しましょう。

なぐさめし　月にも果ては　音《ね》をぞ泣く　恋やむなしき　空にみつらむ（顕昭《けんしょう》）

男性が来るのを女性が待っている歌です。昔は時計がなかったので恋人が来る時間を月で知ります。

あの月がここに来たら恋人が来る。でも来ない。あそこに来たら来る。まだ来ない。そんなことをしているうちに月が落ちてしまいます。「果て」です。「果て」という言葉には月が落ちてしまうだけではなくて、恋も果てた、終わったという予感がある。

すると彼女は「音をぞ泣く」となる。「音《ね》」は声です。「ぞ」があるので強い。すごい大声で彼女は泣きます。

泣いて、泣いて、涙も涸れるほど泣いて、ふと空を見上げる。すると「**むなしき空**」、**すなわち真空状態になった空に自分の恋が満ちあふれている**という歌です。

自分の恋が空一面に満ちているって、もう普通の精神状態ではありませんね。こうならないように心をつなぎ留めるのが「あはれ（ああ）」なのです。

この「ああ」を自分の中に留めておくのはつらすぎるので声に出して歌う。それが「歌」なのです。

つらいときはカラオケに行くのもいいし、深いため息をつくのもいいでしょう。

∴呼吸と心の関係

ところで「息」という漢字は、よく見ると不思議な文字です。息という漢字の上の「自」は鼻の象形です。不思議なのは下です。**なぜ「心」がつくのでしょうか。**

実はもっと古い時代の「息」には心がついていません。紀元前1300年頃の殷（商）の時代の「息」の文字がこれです。

上にあるのは「自」、鼻です。その下から線が3本出ています。これが息を表すのでしょう。これならばわかります。

なぜ、これが「心」に変わったのか。

3本線から「心」に変わった時期、人は「呼吸」と「心」との関係に気づいたのではないでしょうか。

まず「心で呼吸をコントロールできる」と気づいた。**実は呼吸をコントロールすることができる「類」は、人類、鳥類、鯨類だけだといわれています。**

そして、この3つの類に共通することは歌を歌えることです。そして、それは「息を合わせる」ことができるということでもあります。

猛獣たちが跋扈《ばっこ》する過酷な世界で、ひ弱な人類が生き延びることができたのは、道具の力だけではありません。息を合わせることができたからです。どんなに鋭利な刃物を持っていたとしても、ひとりで猛獣に勝つことはできません。

一本の銛《もり》ではクジラを捕獲することはできない。大勢の人間が「せーの」と息を合わせ、多くの銛が同時にクジラに当たったときに、はじめて捕獲することができる。この「せーの」が息を合わせることであり、これを可能にするのが歌の力です。

耕地を耕すために邪魔な石をどかしたりするときにも息を合わせることが必要になります。

そして、心がついたもうひとつの理由。それは、「呼吸で心をコントロールすることができる」とも気づいたからではないでしょうか。

呼吸で心をコントロールするための方法も古典の中には書かれていますが、そのいくつかをサポートページに紹介しました（「おわりに」記載のＵＲＬより）。ご覧ください。

“かなし”と“あはれ”

「かなし」は
「萌《も》え！」くらいの
キュンだそうです
「かなし」
と
「あはれ」
推しのアイドル「かなし」！
猫「かなし」～
対して「あはれ」は…
さよなら

幸せになってね
最後に彼女の幸せを想えて良かった
ハア…
腹にズシンとくるなあ
これが「あはれ」か…

気持ちをうまく言葉にできないなら

……和歌を作ってみよう

同じことをいっても相手にそれが伝わる人と伝わらない人とがいます。伝わらない人は不思議に思います。「内容としては自分の方が正確だし、詳しい。でも、伝わらない。なぜだ」そう思います。

それは「気持ち」が伝わらないからです。

和歌とは心の奥にある「あはれ」、すなわち深い思いを伝えるものです。ですから、**気持ちを伝える練習で一番いいのは詩や和歌などの韻文を作ることです。**

そこでここでは「和歌を作る」ということをしたいと思います。和歌は「あはれ」

を表現するものなので、自分の感情を内にためずに外に出すことができます。**自分の中にためておくとつらすぎる感情や、あるいは人に伝えたい悦《よろこ》び、それを定型の詩的言語で表現するのが和歌なのです。**

また、和歌を作ると「あはれ」をさらに知るようにもなり、心が豊かになります。江戸時代の国学者、本居宣長《もとおりのりなが》は「もののあはれ」ということをいいました。散る桜を見て「ああ（あはれ）」と感じる。秋の月を見て「ああ（あはれ）」と感じる。世界は「あはれ」に満ちています。

感情が動く糸口（緒）を「情緒」といいます。風景には「あはれ」という感情が出てくるための糸口（緒）が遍満《へんまん》しています。和歌はそれを感じるためにもとてもいいのです。

そして、風景を情緒として詠むことができるようになれば、自分の感情をも風景と一体化させることができます。**つらすぎる思いも風景に託せるようになるのです。**

「和歌」にはさまざまな種類がありますが、ここでは五七五七七の短歌を作りましょう。

短歌のルールは「五七五七七」という定型だけです。簡単です。だから難しいともいえます。まだ季語などのルールがある俳句の方が作りやすい。そこで、次の3つのステップを提案します。

ステップ1：俳句を作る
ステップ2：古典の短歌を自分訳する
ステップ3：短歌を作る

∴ステップ1 俳句を作る

短歌を作るための準備ステップとして**俳句**を作ってみます。

俳句は文字数が少なく季語も必要という制約がありますが、小学生でも作ります。しかし小学生の俳句をみると、「飛び出すな車は急に止まれない」のような標語になってしまうことがよくあります。

標語にしない句作の練習のために用意していただきたいものがあります。それは**「季語集」**です。

書店にはさまざまな季語集が売っていますが、最初はインターネットの「季語集」を使ってもいいでしょう。あるいはスマホのアプリにもあります。

では、実作を始めましょう。ひとりで作ってもいいのですが、2人か3人でするとより楽しいので、ここでは3人で作るという前提でお話しします。ひとりでやってもかまいません。

〈一〉結句《けっく》（五音）を作る：Aさん

まずはAさんが、最後（結句）の五音を作ります。

結句では季語はダメです。**あまり考えずにぱっと目についたものや、ふと心にうかんだこと**がいいでしょう。「新聞紙」や「スマートフォン」などのような気楽なものから始めましょう。

「スマートフォン」は六音ですが、そういう細かいことは気にしない。

〈二〉七音の二句を作る：Bさん

次にBさんです。Aさんが作った結句を形容する七音の言葉を作ります。

ここでも季語は使わないようにします。たとえばAさんが「スマートフォン」を作ったら、「画面の割れた　スマートフォン」のような感じで作ります。「新聞紙」だったら「踏みつけられた　新聞紙」とか。**気楽に作ることが大切です。**

〈三〉季語を使って初句《しょく》（五音）を作る：Cさん

最後にCさんが五音で初句を付けます。

頭で考えると「手を放し　画面の割れた　スマートフォン」みたいな標語のような俳句になってしまいます。これはつまらない。

そこで登場するのが季語集です。

季語集の本をお持ちの方はパラパラとめくり、適当なところで止めて目についた季語を初句にします。プリントアウトして季語集をお持ちの方は目を閉じて指を落としたところにある季語。スマホの場合は目を閉じてスワイプし、「ここだ！」というところで止め、そこにあった季語を使います。やってみましょう。すると「花月夜」というのが出てきました。先ほどのスマートフォンの句に付けてみましょう。

《花月夜　画面の割れた　スマートフォン》

いかがですか。ちょっと意味深でしょう。ちなみに「秋霖《しゅうりん》（秋の長雨）」など4文字の季語が出てくることもあります。そういう場合は「や」などの切れ字を入れてもいいですね。

《秋霖や　踏みつけられし　新聞紙》

〈四〉その句でわいわい話し合う

最後に3人で作った句について解釈を話し合います。

初句とほかのふたつの句との間に断絶があればあるほどさまざまな解釈が可能になります。**想像力・妄想力を発揮して、面白い解釈をしてください。**実作の練習にもなりますし、見方や感じ方が変わってきます。

⁘ステップ2　古典の短歌を自分訳する

歌を作る準備ステップ第2弾は、**古典や近代（明治以降）の歌を自分訳すること**です。

ここでは参考として、与謝野晶子《よさのあきこ》の短歌を俵万智《たわらまち》さんが現代語に訳されているものをいくつか紹介します（『チョコレート語訳　みだれ髪』）。まずは自分で訳してみて、それから俵万智さんがどのように訳されているかを確かめるようにしましょう。

その子二十《はたち》　櫛にながるる　黒髪の　おごりの春の　うつくしきかな
二十歳とはロングヘアーをなびかせて畏れを知らぬ春のヴィーナス

与謝野晶子の《櫛にながるる　黒髪の》は「ロングヘアーをなびかせて」となり、現代的な韻律になっています。《おごりの春の　うつくしきかな》を「畏れを知らぬ春のヴィーナス」にするのもすごい。

やは肌の　あつき血汐《ちしほ》に　ふれも見で　さびしからずや　道を説く君
燃える肌を抱くこともなく人生を語り続けて寂しくないの

《さびしからずや　道を説く君》という古語調が「人生を語り続けて寂しくないの」となる。

なにとなく　君に待たるる　ここちして　出でし花野の　夕月夜かな
なんとなく君が待ってる気がしたの花野に出れば月がひらひら

経《きやう》はにがし　春のゆふべを　奥の院の　二十五菩薩　歌うけたまへ
お経なんて読んでられない春の夕べ恋を聞いてよ二十五菩薩

みだれ髪を　京の島田に　かへし朝　ふしてゐませの　君ゆりおこす
朝シャンにブローした髪を見せたくて寝ぼけまなこの君ゆりおこす

❖ステップ3　短歌を作る

いよいよ短歌の実作です。ここまでやってきた方にとってはそんなに難しくはないはず。すぐに「詠めた」という方もいらっしゃるでしょう。

少し悩んだ方は、次の順番で作るのはいかがでしょうか。

〈一〉下《しも》の句（七七）を作る

俳句は風景を詠みますが、短歌は自分の思いや感情も詠みます。最初に思いや感情を下の句（七七）に書きましょう。

〈二〉上《かみ》の句は俳句を作った要領で作る

ただし、俳句と違って、第一句は季語でなくてもいい。

西行《さいぎょう》法師は、仏像を一体彫るようなつもりで一首の歌を詠んだといわれています。

作り終わったら、西行法師のような気持ちで何度も何度も推敲《すいこう》しましょう。

短歌を作ってみよう

俺も短歌を作りたい…
短歌作ろうと思って
いいじゃん
短歌入門
しかし
難しい～
上の句は五・七・五だから？
青信号
よく見て渡る
横断歩道
標語みたいになっちゃうなあ
下の句から作ってみようかな
さっきの上の句とくっつけて…

青信号　よく見て渡る
横断歩道
いつか出会える
君をさがしに…
すごく
ドラマチック！

いろんな標語に
下の句を
つけてみたい
…目的
変わってない？

どこでもいいから旅に出たくなったら

……「歌枕をめぐる旅」のすすめ

日本人はよく旅をしました。

日本人は農耕民だと思われていますが、農耕が列島に入ってきたのは案外新しい。その昔、狩猟採集社会で生活をしていた頃は、鳥や獣を追って野や山を歩き回り、魚をとるために海に漕ぎ出し、川を下ったり、さかのぼったりしていました。**日本人の原点は移動・放浪でした。**

やがて農業が定着し、国家が固まってくると、農民は自由に旅をすることができなくなりました。

しかし、どうしても定住が苦手な人たちは芸能の民となりました。能楽師もそうですし、盲目の琵琶《びわ》法師、瞽女《ごぜ》もいました。僧侶や歩き巫女《みこ》などの宗教者も歩きました。

農民だって、その血の中には旅への欲求があります。**「旅に出たい」と騒ぐ血をどうしても止められない農民たちは「信仰」に名を借りて旅をしました。**御師《おし》という宗教勧誘者兼ツアーガイドによって、お伊勢参りや、熊野や富士山などさまざまな霊地へ旅をしました。四国八十八カ所、西国三十三所などへのお遍路も盛んでした。

日本人はなんやかんや理由をつけて旅をしてきたのです。

⁘日本の土地の特殊性

日本人が旅好きだというのは、神話にもあらわれます。日本の神様はよく旅をしました。『古事記』のスサノオや大国主などはその代表ですが、**身体を持たない神様だって巫女に憑依《ひょうい》して旅をしました。**

たとえば天照大御神は、鎮座すべき地を求めて豊鍬入姫命《とよすきいりひめのみこと》に憑依して、笠縫邑《かさぬいのむら》の地（奈良県）に鎮座ましました。しかし、そこは気に入らなかったようで、次は倭《やまと》姫命《ひめのみこと》に憑依し直し、新たに鎮座すべき地を求めて歩き廻り、最後に伊勢神宮のある伊勢の国（三重県）に到るのです。

また、日本の土地というのは、世界的に見てかなり特殊です。たとえば、奈良時代、平安（平安京）時代、鎌倉時代、室町時代、そして江戸時代と、**日本では時代区分をあらわすのに地名を使います**。そして、時代を冠された土地は、その時代の性格をいつまでも保持します。

平安京であった京都は、いまでも平安時代の面影を色濃く残していますし、鎌倉などは東京からすぐなのに、まだ鎌倉時代の雰囲気が残っています。土地は時代の記憶をもったまま生き続けるのです。

しかし、これは時代を冠された土地だけではありません。『風土記』や『古事記』などの中には地名命名の神話が多く載っています。

神話や歴史書に書かれたものだけでなく日本の地名はとても詩的ですし、物語を有するものが多い。これは日本中の名所を歩いてみるとよくわかります。ポエティックな地名に、物語が隠れている土地。

日本の土地っていいでしょ。

⁘「歌枕」という聖地

特に和歌に関連する名所を「**歌枕**」といいます。

高校時代に「枕詞《まくらことば》」というのを習った覚えがあるでしょう。たとえば「あしびきの」とあれば「山」が来る。「たらちねの」といえば「母」が来る。

この枕詞の枕と歌枕の枕はもともと同じ意味ですし、私たちが寝るときに使う枕も同じ枕です。でも、この枕。甘く見てはいけません。かなりすごいモノなのです。

枕はもともと神聖なものでした。祭礼の夜、神殿に枕を置いておきます。すると、そこに神様の霊がやってきて、枕の中に入っていきます。そして、その枕に巫女が寝る。すると、神様の霊は巫女の中に入って神託を述べるのです。「**枕**」**とは神霊が憑依するための装置**だと民俗学者の折口信夫《おりくちしのぶ》はいいます。

ですから、そんな枕の詞である「枕詞」は神霊の宿ったコトバです。「あしびきの」という言葉の中には山の神霊が宿っていて、「あしびきの」といった瞬間に山がそこに出現します。

歌枕の枕もそうです。歌枕の枕には歌の霊、すなわち古人の和歌の記憶や情緒・心情が宿ります。

たとえば「逢坂《おうさか》の関」という歌枕があります。そこには逢坂の関のことを詠《うた》った、さまざまな歌人の記憶が宿ります。

そして、この地名、「逢坂（あふさか）」は「会ふ（会う）」という語を含みながら、「関」によって阻まれて会うことができないという意味が与えられ、さらにその関に流れる清水は涙の象徴にもなっていて、それらがすべて「逢坂」という地名に圧縮されているのです。

逢坂の関に行った人は、古人のさまざまな和歌を思いだすとともに、そんな情緒にも思いを向けます。

歌枕は、聖なる装置である枕を備えた土地です。聖地であるといってもいい。せっかく聖地・歌枕をたくさん抱えた日本に住んでいますから、歌枕を訪ねてみましょう。

歌枕を訪ねるときには、次のような準備をしてから行くといいでしょう。

〈一〉その歌枕に関する和歌を調べる。
〈二〉歌枕に関する物語があったら、それも調べていく。
〈三〉その歌枕に関する能があったら、それも調べていく。

「須磨《すま》の浦」という歌枕に行くとしましょう。須磨の浦は兵庫県にあり、最寄り駅は須磨浦公園駅です。

まずは「須磨の浦」の和歌を調べます。

須磨の海人《あま》の　塩焼き衣《きぬ》の　なれなばか　一日《ひとひ》も君を　忘れて思はむ（山部赤人《やまべのあかひと》）

『万葉集』の歌です。須磨というのは、当時は海辺の田舎。そこに住む海人（漁師）たちの着る衣の貧しさが、恋の比喩として詠われます。

わくらばに　問ふ人あらば　須磨の浦に　藻塩《もしほ》たれつつ　わぶと答へよ

『古今和歌集』の在原行平《ありわらのゆきひら》の歌ですが、この歌から能『松風』が作られます。能『松風』の物語も読んでおきたいところです。

次の時代の『新古今和歌集』には、このような歌があります。

恋をのみ　須磨の浦人　藻塩たれ　ほしあへぬ袖の　はてを知らばや

恋ばかりする須磨の浦人は藻塩を垂らし、袖を乾かしきれない。その袖がしまいにはどうなってしまうのか知りたい

そして、須磨といえばなんといっても『源氏物語』の「須磨」と「明石」の巻です。26歳になった光源氏は、帝が寵愛《ちょうあい》する朧月夜《おぼろづきよ》との密会を右大臣に見つかり、官位を剝ぎ取られ、無位無官になりました。このままでは流罪になるかもしれない。そこで自ら須磨に流れて行きます。在原行平の歌にあるように須磨での生活はわび住まいです。

しかし、光源氏はここ須磨で都人にはない田舎の人の生活や感情を知って、新たな境地に入っていきます。また、親友の頭中将《とうのちゅうじょう》が、須磨まで訪ねてきてくれたりもし

ました。そんな物語も読んでから行きたいものです。

それから、能『敦盛』もあります（第４章参照）。

たくさんの歌や物語を知って、実際に須磨の浦に行く。そこで和歌や物語を小さな声で口ずさむ。

そして、最後にはぜひご自身で歌を詠んでください。

歌　枕

ここが天橋立《あまのはしだて》かー
股のぞき
ここは有名な和歌の名所「歌枕」です
歌枕？
昔からここでたくさんの歌が詠まれました
感じてみてください！
感じる…

小式部内侍
和泉式部
すごい！
その時、その人の
感情や記憶が
歌に触れることで
イメージとして
あふれだした！
俺も歌を
詠んでみよう！

恋愛に悩んだときは

……歌集から「恋のきままさ」を学ぶ

若い頃の大きな悩みのひとつが「恋」の悩みです。好きな人に振り向いてもらえない悩みもあれば、好きでもない人から告白されて「どうやって断ったらいいだろうか」という悩みもあります。「これは恋なのか、愛なのか」と悩んだりもします。

若くなくても恋の悩みはあります。能には『恋重荷《こいのおもに》』という演目がありますが、これは庭掃きの老人が天皇の奥さんである女御《にょうご》に恋するという話です。年齢も違えば身分も違う。でも、恋してしまったものは仕方ないのです。

しかし、古典の「恋」は私たちがイメージしている恋とはずいぶん違います。『万葉集』（奈良時代）と『古今和歌集』（平安時代）を中心に、恋の和歌を読みながら、昔の人がどのような恋をしたか、そして恋がどのように変化をしていったのかを見ていきましょう。

⁘おおらかな恋の歌いろいろ

我が国最古の歌集である『万葉集』には4500首以上の和歌が収められています。それらの歌は3つに分類できます。ひとつは恋の歌である「**相聞歌**《そうもんか》」、もうひとつは人の死に関する歌である「**挽歌**《ばんか》」、そしてそれ以外の「**雑歌**《ぞうか》」です。

ちなみに『万葉集』以前にも歌はあり、それらは『古事記』や『風土記』などに載っています。しかし、『古事記』の中で「恋」という文字は3回しか使われていません。しかも、そのうちひとつは恋愛とは違う意味です。「古斐」などと万葉仮名で書かれる例はもう少し増えますが、いわゆる肉体関係以前の恋はほとんどないのも特徴。**関係を持たない間は「恋」でもなんでもないというのが『古事記』の恋でした。**

恋もしないでどうやって男女関係になるのかというと、そのもっともプリミティブなものが『古事記』に載っています。

まだ列島がくらげのように漂っていた時代、イザナギ命という男神とイザナミ命という女神がいました。男神イザナギは女神イザナミに「お前の体はどのようにしてできたのか」と尋ねます。すると女神イザナミは、「私の体は《成り成りて》成り合わない所」が1カ所あると応えます。それを受けて男神イザナギは「我が身は《成り成りて》成り余っている所」が1カ所あるといい、「私の体の余っている所で、お前の体の成り合わない所を刺し塞いで国土を生もう」と提案するのです。

女神イザナミは「いいね」といって、ふたりが天《あめ》の御柱《みはしら》をそれぞれ別の方向からぐるぐる廻って廻り逢うという結婚の儀礼をします。そして、出逢ったときに、まず女神イザナミが歌いかけます。

あなにやし　えをとこを（ああ、嬉しい、いい男）

「あな」は「ああ」という感嘆語、「あはれ」と同じですね。「にやし」は「嬉しい」、そして「えをとこ」というのは「ええ（いい）、男」。これが日本最初の和歌です。ちゃんと五音＋五音でしょ。
それを受けて男神、イザナギが歌います。

あなにやし　えをとめを（ああ、嬉しい、いい女だ）

たった一音、「こ」を「め」に替えただけの歌です。
現代的にしちゃうと、「まあ、いい男。セックスしよ」と女性が男性を誘うような感じですが、『古事記』ではこれはよくないとされています。しかし、高群逸枝《たかむれいつえ》さんの『日本婚姻史』によれば、古い時代は女性が男性を誘うのがふつうだったらしいです。おおらかでしょ。

⁘万葉集の女性歌人 その1 額田王

さて、同じ奈良時代でも少しあとの『万葉集』になると恋の歌が断然増えます。
『万葉集』の特徴に、女性歌人が多いことをあげることができます。

たとえば額田王《ぬかたのおおきみ》。額田王は飛鳥時代の歌人ですが、彼女の周りにはふたりの男性がいました。ひとりは大化の改新を行った中大兄皇子《なかのおおえのおうじ》、彼は第38代天皇である天智《てんじ》天皇になります。そしてもうひとりはその弟、大海人《おおあまの》皇子です。大海人は第40代の天武《てんむ》天皇になります。この兄弟と三角関係を結ぶのが額田王です。この話は異説もありますが、通説に従って復習しておきましょう。

額田王は最初、弟である大海人皇子（天武天皇）と結婚をして娘をもうけました。ところが、兄・中大兄皇子（天智天皇）に見初められ、その寵愛を受けたのです。

さて、額田王が兄である天智天皇の愛を受けるようになったある日のこと、天智天皇の領地で薬狩りが行われました。薬狩りとは宮廷行事のひとつで男性は鹿を狩り、女性は薬草を摘むという儀式で、その最後には宴会も行われます。

そのときに額田王が歌ったのが次の歌です。

茜さす　紫野《むらさきの》行き　標野《しめの》行き　野守《のもり》は見ずや　君が袖振る

美しい紫色を染め出す紫草の野を行き、立ち入りを禁じられた野を行き、野の番人が見るではありませんか。あなたがしきりに私に袖を振るのを

「袖を振る」ということは、恋の気持ちの表現です。夫がいるところで元カレからのラブコール。「そんな露骨なことをしたら野守に見られてしまいます」という額田王。

それに対して大海人皇子はこのような歌で返歌をします。

紫草《むらさき》の　にほへる妹《いも》を　憎くあらば　人妻故に　我《わ》れ恋《こ》ひめやも

美しい紫草のように匂い立つあなたが憎いのなら、人妻なのに何で私が恋をするだろうか

紫を紫で受け「そんなの気にしないもんね」という返歌です。

三角関係、それも天皇とその弟との三角関係。略奪婚の果ての忍び逢い。かなりのスキャンダルで、いまだったら大騒ぎになる問題ですが、しかしこれは宴席での座興の歌ではないかといわれています。とはいえ3人の関係を知っている人たちの前での歌ですから、かなり危ない座興です。

しかし、これは実際の三角関係ではなく「説話的な三角関係」ではないかという人

もいます。また、この3人の恋のやり取りは7世紀中盤の話ですから、まだ一妻多夫の名残があった時代なのかもしれません。

私は1987年にチベットのラサで1カ月ほど放浪したことがありました。そのときにお邪魔した家でベッドルームを見せてもらったのですが、壁には8人の男性の写真。「これ、みんな私の夫なの。いい男でしょ」とお母さんは自慢をします。当時のチベットはひとりの妻が数人の夫を持つ「一妻多夫」制だったのです。

∵万葉集の女性歌人 その2 坂上郎女

次に紹介するのは坂上郎女《さかのうえのいらつめ》（大伴《おおとも》坂上郎女）です。彼女は恋多き女性で、わかっているだけでも3人の男性と結婚、その間にもほかの男たちに恋の歌を送っています。

まずはこの歌を読んでみましょう。

夏の野の　繁みに咲ける　姫百合《ひめゆり》の　知らえぬ恋は　苦しきものそ

夏の野の繁みに咲いている小さな姫百合のように、人に知られぬ恋は苦しい

ものよ

相手に伝わっていない自分の恋心、その気持ちを小さな姫百合にたとえ、「知らえぬ恋は苦しきものそ」と結んでいます。この「苦しきものそ」はとても強い言葉です。苦しいといっておきながらのこの強さ。女性は決して弱い存在ではなかったのです。

片思いの次は両思いの歌をどうぞ。

我《あれ》のみぞ　君には恋ふる　我が背子《せこ》が　恋ふと言ふことは　言《こと》のなぐさぞ

私だけがあなたに恋してる。恋人が「僕も恋している」と言うのは、口先だけの慰めよ

日本の男性は恋人に「好きだ」とか「愛してる」なんていわないといわれていますが、坂上郎女の恋人はちゃんと「君のことが好きだ」といっています。しかし、彼女はそれをバッサリと断ち切る。「**そんなの口先だけ。本当に恋しているのは私だけよ**」

そういい切る坂上郎女、強いですね。

そうそう、この時代の恋にはプラトニック・ラブなんてありません。肉体関係が前提です。

佐保川《さほがは》の　岸のつかさの　柴《しば》な刈りそね　ありつつも　春し来たらば　立ち隠るがね

佐保川の小高い崖に生えている雑草を刈らないように。そのままにしておいて、春になったら恋人とその繁みに隠れるんだから

ラブホなんてない時代、人目を忍んでエッチをするのは草の繁みです。これは『古今和歌集』の「春日野《かすがの》は　今日はな焼きそ　若草の　つまもこもれり　我もこもれり」を思い出しますね。スコットランド民謡の『Comin Thro’ the Rye』も同じような歌ですね。

恋多き彼女は人のうわさ、中傷が大嫌い。**そんなものに耳を貸さないで**と恋人に命じます。

汝《な》をと我《あ》を　人ぞ離《さ》くなる　いで我君《あぎみ》　人の中言《なかごと》　聞きこすなゆめ

あなたと私の仲を人が裂こうとしているのよ。さああなた、そんな人の中傷なんかに耳を貸さないで、絶対

言ふことの　畏《かしこ》き国そ　紅《くれなゐ》の　色にな出《い》でそ　思ひ死ぬとも

この国は、人のうわさが恐ろしい国。だから思う気持ちを顔に出してはいけない。仮に思い死にしたとしても

大衆は芸能人の恋愛や不倫の話が大好きなようです。ですからマスコミでも、私たちの生活に直結する政治の話題よりも、そういうスキャンダルを大きく取り上げます。そして、それによって芸能界を干されてしまう人すらいる。昔からいまに至るまで、日本は「言ふことの畏き国」なのですね。

これは恋人にいっているようにも読むことができますし、自分自身にいっているように読むこともできます。

⁘男女が互いに歌い合う「歌垣」

万葉集の時代には「歌垣《うたがき》」というものがありました。「嬥歌《かがい》」とも書かれます。男女が集まり、互いに歌を歌い合います。それで気に入れば草むらに消えるというもので、年中行事でもあり、遊びでもあり、そして呪術儀礼でもありました。**結婚している相手にも大っぴらに声をかけてよかった**ことが高橋虫麻呂《むしまろ》の歌から読むことができます。

筑波嶺《つくはね》に登りて嬥歌会《かがひ》をする日に作る歌一首　并《あは》せて短歌
鷲《わし》の住む　筑波の山の　裳羽服津《もはきつ》の　その津の上に　率《あども》ひて　娘子壮士《をとめをとこ》の　行き
集《つど》ひ　かがふ嬥歌に　人妻に　我も交はらむ　我が妻に　人も言問《ことと》へ　この山を
うしはく神の　昔より　いさめぬわざぞ　今日のみは　めぐしもな見そ　事も咎《とが》
むな

反歌

男神《ひこがみ》に　雲立ちのぼり　時雨《しぐれ》ふり　濡れ通るとも　我れ帰らめや

〈鷲が住む〉筑波山の裳羽服津の津のほとりに、誘い合って男女が集まり、歌い踊るこの嬥歌で、人妻たちに私も交わろう。私の妻に人も言い寄れ。この山を支配する神が、昔から咎めないわざよ。今日だけは、見苦しいとは見るな、咎めるな

［反歌］男神の峰に雲が立ちのぼり、時雨が降ってびしょ濡れになっても、私は途中で帰ったりしないよ

⁘内省的な小野小町

時代は奈良から平安に移ります。歌集は『古今和歌集』。**恋も内省的になってきます。**

小野小町は「夢」で恋人に逢います。

うたた寝に　恋しき人を　見てしより　夢てふものは　たのみそめてき

うたた寝をして恋しい人を見てからは夢というものを頼みとするようになっ

てしまいました

思ひつつ　寝ればや人の　見えつらむ　夢と知りせば　覚めざらましを

あの人のことを思いながら寝たからなのかしら。あの人を見ることができました。夢だと知っていれば目を覚まさなかったのに

小町の百人一首の歌も紹介しましょう。

花の色は　移りにけりな　いたづらに　わが身世にふる　ながめせしまに

花の色は変化してしまった。私もこんなに変わってしまった。ただ何もせず、物思いにふけって長雨を眺めているうちに

小野小町は絶世の美女だったといわれていますが、ひとりの男性とも関係を持たなかったという伝説もあります。何もしないでもの思いにふけっているうちに人生が過ぎてしまうってありますね。『古今和歌集』の恋は、気持ちが中心になってくるのです。

⁘恋の人、和泉式部

『古今和歌集』時代の恋の人といえば和泉式部です。和泉式部の歌にも、現実の恋人の姿が見えないものが多くあります。**平安時代になると、恋は自分の中で完結していきます。**

もの思へば　沢のほたるも　わが身より　あくがれ出づる　たまかとぞ見る

もの思いにふけって沢に出てみると無数に飛ぶ蛍の光も我が身から抜け出た魂かと見える

君恋ふる　心はちぢに　くだくれど　ひとつも失せぬ　物にぞありける

あなたを恋しく思う心は千々に砕けていますが、そのかけらはひとつもなくならず、やはりあなたが恋しい

∵「恋」の変化

『古事記』や『万葉集』の時代には「恋→肉体関係」というのはほとんどなく「肉体関係→恋」ばかりです。

折口信夫は『万葉集』の恋は、恋愛の実感から出ているのではなく、ただ万葉人の「強い性の自在を欲する潜熱に、古代人の生活の激しさが見える」のだといいます（『折口信夫全集1』「古代生活に見えた恋愛」）。奈良時代の『万葉集』には、恋への積極的な姿を見ることができます。**叙事的**な恋歌です。

ところが平安時代の『古今和歌集』になると、心が中心になる抒情的な恋歌に変わります。そして、「会えてうれしい」という歌は減り、「会えなくて悲しい」という歌が中心になります。正確にいうと、一度会って、性的な関係になり、それで会えなくなって悲しいという歌が中心になります。あるいは人に知られてはいけない忍ぶ恋やまだ恋心をあらわせない状態も好んで歌われるようになります。

さらに鎌倉時代の『新古今和歌集』になると、相手の姿はさらに見えなくなります。むしろいない方がいいとすら思えるようになります。どんどん恋はバーチャルになってくるのです。

そして、**明治時代になり「LOVE」を「恋愛」と訳してから、肉体関係を不潔とし、プラトニック・ラブをよしとするような新たな恋愛観が入ってきました。**これは西洋的な文明のお手本ともなり、それを宣伝するために恋愛をテーマにする近代小説が多く書かれました。

私たちの「恋」の悩みの多くは、ここが源です。「歌垣」のようなおおらかな時代にはない悩みが多い。

しかし、日本の恋は、もともとはおおらかでした。

1956年生まれの私の同級生が、大学卒業後に高校教諭としてあるところに赴任したときのことです。生徒の親から「先生、うちの娘のところに夜這《よば》いに来てくれないか」と頼まれたといっていました。70年代、80年代には夜這いの風習がまだまだ日本中にありました。

また、私の高校時代の恋人は、ふたりで海を眺めているときに「私は遠洋漁業の人と結婚したいのよね」といいました。なぜ、と聞くと、「だって長い間、家にいないから、その間、ほかの男の人と遊べるでしょう」と。海辺の女性もおおらかでした。

恋の先輩

いつの時代も
恋は悩みのタネ
いくら私が
愛してると
言っても
え？
俺も
俺も
我のみぞ　君には恋ふる
我が背子が
恋ふと言ふことは
言のなぐさぞ
（私だけがあなたに恋している…
恋人の「俺もだよ！」は口先だけ）
坂上郎女

でも
私はあなたを愛している
君恋ふる　心はちぢにくだくれど…
ひとつも失せぬ物にぞありける
（あなたを恋しく思う心はバラバラに砕けていますが、そのかけらはひとつもなくならずあなたが恋しい…）
和泉式部
——とか
ラブソングは万葉集とか古今和歌集がエモいの
マジ恋の先輩って感じ！

第3章

平家物語

鎌倉時代に成立した軍記物語。
平家一門の栄枯盛衰を語る。
琵琶法師によって語り継がれた。

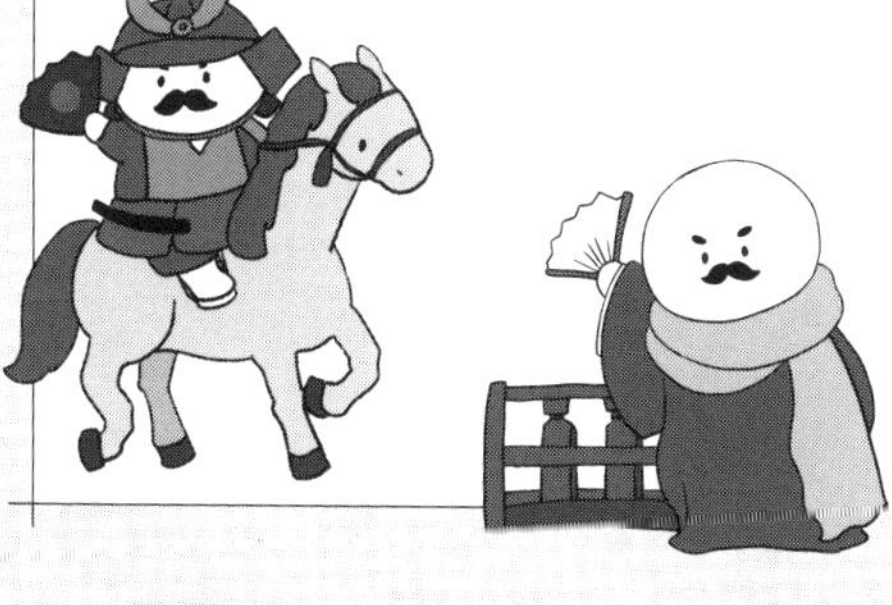

『平家物語』に学ぶ、変化の時代の生き方

「祇園精舎《ぎおんしょうじゃ》の鐘の声」で始まる『平家物語』は、平家一門の繁栄と衰亡の物語です。その物語は琵琶法師によって語り継がれ、多くの人々の胸を打ってきました。

物語の前半では、平家の一門が権力を手に入れ、おごっていく経緯が語られます。平氏に生まれれば栄耀栄華《えいようえいが》は思いのまま。また、彼らと関係を持つことができれば、どんな出世も思いのままといわれたほどの全盛を誇った平家。その平家が、おごりと、そしていくつかのボタンの掛け違いによって滅びへの道をたどる物語が後半に語られます。誰もがうらやむ栄華を手に入れたのに、たった数十年で滅んでしまった平家一門の物語は、戦国時代には多くの武将たちに好んで受容されました。平家一門の物語を、「自分たちもそ

うなるかもしれない」という教訓物語として聞いたのです。

　現代人の私たちにとっても『平家物語』は、とても切実なメッセージを投げかけます。『平家物語』の時代は、古い価値観から新しい価値観へと変わる、「あわい」の時代でした。貴族の時代から武士の時代へ変わりました。平家後の時代である鎌倉時代には、平安時代になかったいくつかの価値観が生まれ、「あわい」の時代の人々の多くはその流れについて行けずに右往左往します。当時の貴族の日記を読むと、時代を覆う、名状しがたい不安に、胃が痛くなったり、体調を崩したりしています。

　現代もそうです。AIや遺伝子工学などによって、新しい価値観が生まれつつあり、その変化の中、不安になったり、体調を崩したりする人が多くいます。現代は「あわい」の時期特有の「不安」な時代なのです。

　本章では『平家物語』を読みながら、そんな不安にどうすれば対処することができるのかを考えてみたいと思います。

　最初は『平家物語』のテーマである「おごれる人も久しからず」。性格もいいし、行動だって倫理的なのに貧乏くじを引く人もいる。逆に、性格も行動もめちゃくちゃなのに、社会的にはうまくやっている人がいる。しかし、そんな人は絶対にダメになる、そう教えるのが『平家物語』なのです。まずは、ここから始めます。

次に扱うのは「闇」です。もともとは番犬のように貴族に使われていた平家。彼らが世に出たのは「闇」のおかげでした。光の世界だけがいいのではない。暗い闇には大きな力がある。それを教えてくれるのも『平家物語』です。

次は「運命」と「時」の話。平家一門は運も命もコネも持っていた。それに対して源氏は悲運のもとに生まれた。しかし、彼らが平家に勝てたのは「時」をうまくつかんだからです。『平家物語』から「時」のつかまえ方を学びます。

最後は「忠」と「恕《じょ》」の話。ひとつのことをやり抜く「忠」、相手を思いやる「恕」。このふたつの間で葛藤することがあります。それ以前にひとつのことをやり抜くことが苦手という人もいるでしょう。そんな人にも『平家物語』はヒントを与えてくれます。

悪いやつほどうまくいく気がするなら

……「おごれる人も久しからず」を知る

『平家物語』は、平家一門が滅んでいったさまを描いた物語です。

平家一門に属する人たちは、平清盛《たいらのきよもり》のおかげでみな出世をしました。親の七光り、親族の七光りというやつです。

そういう奴、腹が立ちますね。能力などはたいしてないのに、いい地位には昇る。男性は美人の奥さんをもらうし、女性はいいところに嫁いでイケメンと結婚するしで、世の中の羨望と怨嗟《えんさ》の的……。そういう奴らが滅亡していくさまを描いた物語ですから人気があるのは当然です。

でも、世の中、そうはうまくいかないこともあります。**悪い奴が滅ぶには時間がかかるからです。**10年、20年、あるいは100年以上かかることもある。だから「なんであんな悪い奴があんないい生活をしているんだ」と思うこともあります。

それでも悪い奴はいつかは滅びる。その思想がベースに流れているのが『平家物語』なのです。

『平家物語』の序唱は、物語全体のテーマを詠っています。

祇園精舎の鐘の声、諸行無常の響あり。
沙羅双樹《しゃらさうじゅ》の花の色、盛者必衰《じやうしやひつすい》の理《ことはり》をあらはす。
おごれる人も久しからず、唯《ただ》春の夜《よ》の夢のごとし。
たけき者も遂にはほろびぬ、偏《ひとへ》に風の前の塵に同じ。

祇園精舎の鐘の音を聞くと「諸行無常」の響きのように聞こえる。沙羅双樹の花はお釈迦《しゃか》さまが亡くなるときに白くなったという。それは「盛者必衰」の道理を表している。

おごり高ぶっている人も、それが末長く続くことはない。ただ春の夜の夢のようにはかないものだ。
勇猛な者もついには滅んでしまう、全く風の前の塵と同じである。

この序唱のキーワードのひとつは「諸行無常」です。これは簡単にいえば「**この世のものは常に変化し続けている**」ということです。

「若い頃はもっと元気だったのに」とか「子どもの頃はもっと自由に走り回っていたのに」とか思うでしょ。また、どんなに楽しいことも終わってしまうし、つらいことだって永遠には続きません。

ところで、この「諸行無常」の「行」は仏教でいう五蘊《ごうん》という5つのものの中のひとつです。五蘊は「色《しき》」・「受」・「想」・「行《ぎょう》」・「識」の5つをいいます。

「色」とは「姿かたちあるもの」のことをいいます。

いまあなたが読んでいる「本」も色、「机」も色、国家も色。そして、あなた自身も色です。「**姿かたちあるもの**」**が無常、常に変化しているというのは自分を見ていれば、よくわかります。**

次の4つの「受」・「想」・「行」・「識」は、ものの認識の仕方です。

たとえばあなたの前に、着物を着た私が現れたとします。そのときに「なんか変な人」と感じる。それは「受」の認識です。**感受**です。あるいは「落語家みたい」と感じたとしたらそれは「想」の認識。**想像**ですね。そして「紋付だから能楽師かもしれない」と思うのは「識」。**知識**を使って認識をします。

私たちはこのようにして、さまざまな方法で姿かたちあるもの＝「色」を認識していますが、諸行無常の「行」はもっと大きな認識です。

「行」とは、何らかのものを「まとめ」て「つくり出すこと」というのがもとの意味です。あなたの中にあるさまざまなもの、潜在的な無意識といってもいいでしょう。個人的な無意識もそうですし、家族の無意識、集合的無意識、トラウマなども「行」の一種です。

私を見た途端に、なんかイヤな感じがした。能楽師だということがわかっても、そのイヤな感じがなくならない。ひょっとしたら子どもの頃に似たような人に叱られた経験があるかもしれない。あるいは仏教では前世に何かがあったかもしれないとも考える。

そのような自分でも意識できない何か、それが「行」です。それも無常だというのです。

諸行無常というのは、まずは自分自身が常に変化しているということであり、自分の見方も変化している。さらには自分の無意識も変化しているということです。

そして、自分自身だけでなく、他人も、他人の見方も、そして他人の無意識も変化している。だから「盛者必衰」、いまはみんなの注目を集めて大成功している人だって必ず衰えるし、反対に今は大変な状況にある人だって、浮かぶ日もあるのです。

⁘おごれる人も久しからず

「おごれる人も久しからず」も『平家物語』の重要なキーワードです。

漢字では「驕り」と書きます。「驕り」に似ているものに「誇り」があります。ともに「自分が優れていると思う気持ちを外に出すこと」をいいますが、「驕り」はさらにそれを当然だと思うことをいいます。

おごりを持った者は、必ず崩壊する、それが『平家物語』の考えです。

ただし、ただおごりは悪いものだというような単純な見方をしてはいません。『平家物語』の中で最初におごれる存在だったのは貴族たちでした。それがやがて平家一門に代わり、次には源氏の武将たちもおごるようになります。

『平家物語』では、「おごり」は「人の心のならひ」であるといいます。**どんな人でもおごる。**

それは、人は満足できないからです。どんなにたくさん報酬をもらっても、高い地位についても、やがて飽き足りなくなってしまう。それが人間の性《さが》です。

平家の人々も最初は上皇からの望外の待遇を「ありがたい」と思っていました。が、それはやがて「あたりまえ」になり、「あたりまえ」は「もっと」になる。そして「もっと」が過ぎると、上皇の仕打ちを「恨む」ようになりました。

人間関係でもありますね。人は、何かをしてもらうと、最初は「ありがたい」と思う。しかし、それを続けていると、相手はそれを「あたりまえ」だと思うようになり、どんどん要求はエスカレートし、「もっと」になる。その「もっと」には際限がないので、やがて要求に応えられなくなる。

すると、最初は「ありがたい」といっていた相手から「恨まれる」という、めちゃくちゃな最後を迎えたりします。しかし、これが人間です。だから誰でも「おごる」

のです。

⁘平家が没落したささいな理由

平家一門が没落していったきっかけもおごりでした。

それまでも平家一門に対して面白くないと思っていた天皇家や貴族たちですが、表立った動きはありませんでした。それが、後白河法皇の第2皇子である以仁王《もちひとおう》が、平氏打倒の令旨《りょうじ》（命令）を出したことによって、平家討伐の大義名分ができたのです。

しかも、それを勧めたのが源頼政《みなもとのよりまさ》という喜寿も近い老武者です。これによって平氏は滅び、平安時代も終わることになるのですが、源頼政が「平氏討つべし」と決めたきっかけが、なんとも大した話ではないのです。ささいなきっかけで歴史が変わる……おごりの怖さ。

では、頼政が立つきっかけになった事件の話をしましょう。

それは源頼政の息子である仲綱《なかつな》と、平清盛の3男で、後に平氏の棟梁《とうりょう》となる平宗盛《むねもり》とのあいだに起きた馬の取り合いでした。

源仲綱は名馬を所有していました。平宗盛はその評判を聞き、馬を見たいと使者を出すのですが、仲綱はなかなか見せようとはしません。**宗盛の「見たい」は「欲しい」です。**

宗盛はしつこく何通も手紙を送ります。そのたびに拒否していた仲綱ですが、父である頼政にも説得されて、その馬をしぶしぶ宗盛のところに届けました。

宗盛は、馬が手に入ったのはいいが、いままで断り続けた仲綱の態度が気に食わない。そこで、その馬に「仲綱」という焼き印を押しました。そして、馬を見にきた来客の前で「〝仲綱〟めに鞍《くら》を置いて引き出せ。〝仲綱〟めに鞭《むち》をあてよ。なぐれ」などといって恥辱を与えました。

これに憤慨したのが仲綱のお父さんである頼政です。これがきっかけになって、以仁王に平氏打倒をけしかけました。

これが平家滅亡のきっかけになりますが、頼政も、そして以仁王も平家の滅亡を見る前に死んでしまいました。おごれる者（平氏）は確かに滅びましたが、それを見ることができない人もいた。不遇なままに終わる人もいます。

『史記』を書いた司馬遷《しばせん》は、善人が不幸のうちに早死にすることもあれば、悪人がいい生活を送ったまま天寿を全うすることもあるといいます。

彼は「天道是か非か（天道なるものも、はたして正しいものなのかどうか）」と問いかけます。その答えはありません。司馬遷自身も友人をかばった罪で、性器を切り取られるという屈辱の刑罰を受けました。

しかし、その怒りで書いたのが中国最初の正史『史記』130巻です。司馬遷は自分の不遇を行動エネルギーに変えて大事業を完成させました。

『古事記』の章にも書きましたが、人をねたんだり呪ったりするのではなく、おごれる人なんて無視して、自分が「優雅な生活」を実現するように工夫をするのがいいのではないでしょうか。

私は「**優雅な貧乏生活**」というものを提案しています。

学生時代はひとつのパンを友人とふたりで分けて食べるような生活をしていました。しかし、どんなに貧乏でもちょっと工夫をすれば優雅さを実現することはできます。

たとえばカフェでコーヒーを飲むと200円ほどはします。しかも一杯200円のコーヒーショップではあまり優雅な気持ちになれない。

そこで「優雅な茶会」を催します。

お抹茶は安いものを買えば一杯分は数十円。抹茶茶碗や茶筅《ちゃせん》は１００円ショップでも買えます。友人たちと四畳半の部屋に集まりお茶を点てる。自分で描いた墨絵を壁に掛けてお軸にする。その前には野の花を活ける。するとそこが床の間と見立てられます。お金に余裕があればお菓子を買うのもいいでしょう。

そして、みなで句を作ったり歌を作ったりしてお茶をいただく。「優雅な貧乏茶会」です。

孔子はおごっている人は内心びくびくしていると『論語』でいいます。どんなに貧乏でも、心さえ優雅ならば生活も優雅にできるのです。

おごった人

普段はペコペコしてる俺だけど
ガラッ
休みの日は威厳を見せてやるのさ!
いらっしゃいませー
この店は味が
接客が
くどくど
申し訳ありません

ああ…
気分いい…
そのとき、会社の社長と
俺の恋人が
通りかかった！
態度悪っ
クビね
サイテー
別れよ

自分は暗い性格だと思うなら

……闇を利用する

『平家物語』の特徴のひとつは「闇」の力です。

世の中の表舞台を歩く「光」の人たちの多くは、長い間、輝き続けることはありません。アイドルもそうですし、スポーツ選手もそうです。総理大臣ですらそうですね。

そして、『平家物語』には「光」と「闇」との対比があります。

そして、「**光の存在はやがて闇の存在に取って代わられる**」という方程式があります。

最初、光の人たちは闇の人たちをバカにしているのですが、途中から転落して逆転されてしまうのです。そして光の存在に取って代わった闇の存在が輝き始めるのですが、しかし少し経つと今度は彼らの転落が始まります。

それに対して、絶対光の存在にならない人たちがいます。**アイドルを陰で動かしているプロデューサー、総理の陰で暗躍するナンバー2。**そういう人は表面の光が代わっても、いつまでも静かにそこに居続けます。

そして、この「闇」こそが日本をはじめとする東洋でもっとも大切にされていたもののひとつでした。**そう、目立たないからこそその人は力があるのです。**

そこで、ここでは「闇」の力のお話をしたいと思います。

⁘「殿上の闇討ち」

『平家物語』の最初、光の存在は貴族でした。

腕力(戦力)はもちろんのこと、財力でも当時は武士の方が上でしたが、それでも貴族は武士をバカにしていました。「あいつらは成りあがり者だ」と差別し、蔑視していたのです。

そんなある日、事件が起きました。「殿上の闇討ち」と呼ばれる事件です。

まだ、平清盛が世に出る前。清盛の父である平忠盛《ただもり》の話です。

武士、すなわち「侍」というものは「貴族のそばに従う者」という意味で、その地位は非常に低かった。**しかし、だからこそ富を蓄えることができました。**忠盛は鳥羽院のために得長寿院《とくちょうじゅいん》というお寺を造り、三十三間の御堂を建て1001体の御仏を贈りました。

鳥羽院はこれに感激して、宮中への昇殿（内の昇殿）を忠盛に許します。天皇や上皇のお傍に行ける昇殿は貴族だけの特権で、これは異例中の異例です。

貴族たちは面白くない。新興の武士たちが自分たちの特権を侵すなんて許せません。「雲の上人是《うへびとこれ》を猜《そね》み」（公卿・殿上人たちはこれをねたんで）、貴族たちは、「宮中での儀式のときに忠盛を闇討ちしよう」という計画を立てます。

これは現代でもありますね。目立つ新入生をイジメる上級生、できのいい新入社員に難癖をつける先輩社員。「出る杭は打たれる」なんてことわざもあり、多くの日本人はそれに気づいたら忖度《そんたく》して自分の存在を消すようにします。

しかし、平忠盛は忖度なんてしません。出すぎれば俺を打つ奴なんていなくなる、と。それに貴族は「闇討ち」はあまり得意ではないのです。

昼間＝光をコントロールするのが貴族であり、夜＝闇をコントロールするのが武士です。

光の世界の人間である貴族に闇討ちなんてことができるわけがありません。お金持ちのぼんぼんが、金に任せて虚勢を張っているけれども、喧嘩をすればすぐに負けてしまうのと同じです。彼らは「闇討ちをするぞ」と決めてはいましたが、その方法も知らないし、度胸もない。

一方、この計画を知った忠盛は「武家に生まれた俺がこんな恥を受けるわけにはいかない」と、対策を練ります。『平家物語』には「兼ねて用意をいたす」と書かれています。「用意」とは、「意を用いる」こと、すなわち深い心づかいで未来を予見して計画を立てること、です。

忠盛はどうしたのか。

大きな鞘巻《さやまき》（短刀）を用意して、束帯の下にわざとだらしなく無造作にさして宮中に参内しました。**現代でいえば黒い燕尾服《えんびふく》の下に、わざと見えるようにマシンガンを**

隠し持って天皇の園遊会に行くようなものです。忠盛はそして、火の薄暗い方に向かって、おもむろにこの刀を抜いて、鬢《びん》の毛に引きあてた。もうヤクザ映画そのものですね。ドスを頬にピタピタ当てた。むろん闇に潜む殿上人から自分がどう見られるかを計算した上での忠盛の行動です。

それはまるでとぎすました氷の刃のように見えた。人々はじっと「目をすまし」てこれを見守った、と『平家物語』にはあります。

耳を澄ますという表現はよくありますが、「**目をすます**」という表現はすごい。それだけ忠盛の姿に異様な迫力があったということでしょう。

結局、貴族たちの闇討ちの決行は取りやめになりましたが、今度は酒宴の席で忠盛は笑いものにされました。怒った彼はこの刀を女官に託して中座して帰ってしまいます。

宮中は刃物の持ち込み禁止です。まして抜刀したとあっては、ふつうは厳罰に処せられます。貴族たちは上皇に「平忠盛が宮中に刀を持ってきて、しかも抜きました」と訴えます。卑怯ですね。「お前らが闇討ちにしようとしていたんだろう」と思ってしまいます。が、忠盛が預けた女官がその刀を上皇に差し出すと、それは木刀に銀箔《ぎんぱく》を貼ったものだったのです。**おもちゃの刀、モデルガンのマシンガンだったのです。**
鳥羽上皇は「さすが武士！　ちゃんとあとのことまで考えている」と感心し、忠盛を褒めたのです。「木刀を帯しける用意のほどこそ神妙なれ」と。

❖闇を愛する

「光」と「闇」というと、ふつうは光の方がいいというイメージがあります。闇には邪悪なイメージが付きまとっています。

しかし、それは西洋的な偏見です。**古来日本人は闇も愛していました。**

日本語の「やみ」の語源は「夜見」からきたという説があります。「夜に見る」、それが「やみ」になったというのです。

夜だからこそよく見えるものがあります。月もそうです。蛍もそうです。昼の月は白くてあまり美しくない。蛍などは昼に見ればただの虫です。月や蛍は夜だからこそ、よく見えるのです。

能を観る人の中には、能舞台に月や荒波を見る人がいます。私は能を観るほとんどの人が幻視をしているのではないかと思っています。

神経科学者のラマチャンドランによれば、人が針で突かれるのを見ると、自分の中の痛覚ニューロンが「自分が突かれた」のと同じように発火するそうです。これはミラーニューロンの働きです。しかし、その痛覚は持続しません。その人自身の手の皮膚や関節にある受容体から「私は触れられていない」という無効信号（null signal）が出て、ミラーニューロンからの信号が意識にのぼるのを阻止するのだろうといいます（『脳のなかの天使』）。

手や足を失った人が手足がまだそこにあるように感じることを幻肢といいます。幻肢の方は、人が針で突かれるのを見るといつまでも痛みが持続します。これは「彼のミラーニューロンが正常に活性化されたのに対し、それを打ち消す手からの無効信号がなかったためである」というのです。

多くの人は能を観ながら幻視しているのですが、眼球という器官から発せられる「私は月を見ていない」という無効信号によって打ち消されているのではないでしょうか。ですから、眼球という器官を使わない闇においては、眼球があるときとは違うものが見え、それはあるときよりも見える可能性すらあります。

「眼球を使わずに見るなんてできっこないよ」という方もいらっしゃるでしょう。ところが、ほとんどの人が「眼球を使わずに見る」という行為をしています。

それは「**夢**」です。

夢を見るときに私たちは目を使いません。私が夢を見ているということを証明することはできません。脳波は変化をしていますが、だからといって、それが「何かを見ている」あかしにはなりません。

しかし、確かに何かを見ているのです。

❖闇に生きる

漢字の「闇」も見てみましょう。

闇という字は「門」の中に「音」が入っています。この「門」とは、神々や先祖の霊が来臨する廟堂《びょうどう》にある門、廟門です。闇の晩、神官はここで儀礼をしたり、祝詞を宣《の》ったりして、神霊の来臨を待ちます。

すると神霊は、その姿を見せずに、まずは「音」として来訪します。「音なひ（おとない)」です。日本語の「おとづれる」も「音に連れそう」という意味がもとです。暗闇の晩に、音とともに神霊がやってくる、それが「闇」です。

日本だけでなく、中国でも闇夜はなかなかいい意味です。東洋人は闇と親しかったようです。

私は、現代は明るすぎるのではないかと感じています。これは光だけではありません。人々も明るすぎる。

明治時代、アメリカ人の生物学者エドワード・モースが見た日本は「微笑み」の国でした。いまの日本はカフェに行っても、居酒屋に行っても大声で笑っている人が多い。

あの笑い声を聞くと、本当は笑いたくないのに、この場にいるためにわざと大きな声を出して笑っている「空虚な明るさ」を感じてしまいます。ちょっと神経症的な笑いに思われてならないのです。

私たちはもっと闇に生きることを選択すべきです。

照明を浴びて表舞台に立つのではなく、ひっそりと生きる。主役ではなく、脇役に徹する。そのような生き方が私は好きですし、もっと見直されてもいいのではないでしょうか。

『平家物語』でも、光の世界に行った人たちは滅んでいきます。貴族もそうですし、平家もそうです。それは光の世界に行くとおごるからです。

次項では、光の世界に行って滅びへの道を歩んだ平氏の物語から見ていくことにしましょう。

闇のカリスマ

清盛の父・忠盛、特権階級の殿上人に！
どーん
パチパチ
武士のくせに
ムカつく
他の殿上人たち
忠盛を闇討ちしちゃえ！
そーだ
そーだ
いいのかな？

俺ってば
宮中に刃物
持ってきちゃう
ヤバい奴
ギラン
上皇さま
どうにかして！
ひっ…
―と
見せかけて
これは
銀箔貼った
木刀でーす
ね、
上皇さま！
すごい
忠盛！
武士の
鑑《かがみ》じゃん！
ガーン
俺を
闇討ちなんて
百年早い！
闇のカリスマ、
それが平家！

コネがある人がうらやましいなら

……「運命」を知り、「時」をつかまえよう

私は海辺の漁村育ち。

本屋さんもないし、塾もない。親は子どもの教育に興味はないし、将来のことなど（おそらく）考えてもいない。むろん、両親に社会的地位もない。そんな、コネも金もない状態で世に出ました。

正直、**「コネと金のあるやつ、うらやましすぎる」**と思っていました。そんなときに励まされたのが『平家物語』でした。

この物語では主に平家と源氏との対立が描かれます。

平家の一門の人たちは平清盛の七光りで、コネもあるし、金もある。住んでいるところも大都会の都。そんなええとこのお坊ちゃん、お嬢ちゃんたちです。ムカつく。

それに対して源氏の一門は、「命を助けられただけでもラッキーと思え！　世に出ようなんて思うな」という扱いを受けていた人たちです。住んでいるところも山の中か遠国。あるいは、出家させられ、「闇」の世界の住人にされていました。

平家ももとは闇の存在でした。ところが一門が世に出るようになると闇の部分をなくし、徐々に光の存在になっていきます。光の存在になればおごるようになり、そして滅亡への道を歩み出すことになるのです。

その象徴的なできごとがありました。富士川の合戦と呼ばれる戦いです。

これは源頼朝と平家がぶつかった最初の戦いでした。しかし、正確にいうと「合戦」といえるほどのものではなかった。

その部分を『平家物語』から読んでみましょう。

∴闇夜にビビる平家

平家軍の大将である平維盛《これもり》は超イケメン。でも戦いには慣れていない。戦争の前に「頼朝たち、関東武者（関東の武士）ってどうなの」と、彼らを知っている老将、斎藤実盛《さねもり》に尋ねます。

実盛は老人ではありますが、とても強い弓を引くことができる猛将として知られていました。平維盛は実盛を頼りにしていました。

その実盛が「**俺くらいの弓を引くものは、関東には掃いて捨てるほどいます**」と答えたのです。びっくりです。

関東武者たちの引く弓は、重ねた鎧をも簡単に射通すほどだし、馬に乗ったら落ちることがない。道が悪いところでも馬を縦横無尽に走らせることができる。また、戦いが始まったら、親が討たれようが子が討たれようが、全然気にしない。誰かが死ねば、その屍《しかばね》を乗り越えて戦う。身内が討たれたら喪に服すなんてことは誰もしない、と。

これを聞いた平家の兵士たちは、みなビビってしまった。実盛は「おびえさせようと思っていっているのではないんだよ」といいますが、結果的には完全な脅しになっています。

そして、いよいよ明日は富士川で源氏と戦うという日の夜。

遠くの山や海や川に火がちらちらと見えます。平家の将兵たちはそれを見て「**あれは源氏の遠火だ。山にも海にもあんなにたくさん源氏の軍勢がいる**」と恐れます。

しかし、それは源氏ではありませんでした。合戦があるからと山に逃げたり、船で海や川に出たりした地域の住人たちが煮炊きをする火だったのです。が、平家はビビりまくる。

そんなときです。

富士川の沼にたくさん群がっていた水鳥たちが、何に驚いたのか、一斉にばっと飛び立ちました。その羽音が、大風か雷のように聞こえた。

平家の兵士たちは、「うわー、源氏の大軍が押し寄せてきたぞ。きっと背後にも回っているぞ。囲まれたら大変だ。逃げろ、逃げろ」ととる物もとりあえず、我先にと落ちて行きました。

水鳥の群れが羽ばたく音を敵の来襲と勘違いして逃げ出してしまったのです。その様子を『平家物語』は嘲笑するように描きます。

弓を持つ者は矢を忘れ、矢を持つ者は弓を忘れる、人の馬に乗る者もいるし、自分の馬を人に取られてしまう者もいる。つないだままの馬に乗って杭の周りをぐるぐる回っていた者もいたといいます。近くの宿場から来ていた遊女は、かわいそうなことに頭を蹴り割られたともあります。もう、めちゃくちゃです。

闇夜の恐怖心からの慌てぶり。闇を捨て、光に走ったことによる醜態です。平家はもう「闇」の人ではなくなってしまっていました。

⁘「運命」とはなんなのか？

この富士川の合戦を受けて、「運命」ということについて考えてみたいと思います。「運命」というのは、中国から入ってきた言葉で、『平家物語』以前はあまり使われていませんでした。「運命」は『平家物語』によって有名になったのです。

武士は、古代から続く貴族に比べれば、いわば新興勢力です。地位的にも存在感的にも非常に不安定だったので、よけいに「運命」の重要さを感じたのかもしれません。

では『平家物語』では、「運」や「運命」をどのように捉えていたのでしょうか。

たとえば平清盛の長男、平重盛《しげもり》は、武士としては前代未聞の繁栄を果たした父がだんだん傲慢になり、横暴ぶりを増していることを諫《いさ》めました。そのとき、こういっています。

御運ははや末になりぬと覚え候。人の運命の傾《かたぶ》かんとては、必ず悪事を思ひたち候なり

「清盛の悪行が過ぎたために、平家の運が尽きようとしている」と。

つまり**「運」は、人の悪行・善行によって変えられると考えられていた**ことがわかります。

平氏だけではありません。源氏の木《き》曾《そ》義仲《よしなか》も悪行により運が尽きた武将といえます。義仲は平家を都落ちに追い込み、都を脱出していた後白河法皇を護衛して、ともに入京しました。いっときは大変な権勢を誇りましたが、おごりが過ぎて失脚してしまいました。

彼らの逆をいったのが、源頼朝です。

頼朝は、法皇からの使者が鎌倉にやってきたとき、その日のうちに帰るというのを

引き留めて、手厚くもてなしました。翌日には、たくさんの土産を持たせたばかりか、使者が帰路の途中に泊まる各宿には10石ずつの米が置かれていたとか。その米は使者たちだけでいただくには多過ぎたので、貧しい人たちに施されたといいます。

頼朝の善行が「運」を好転させて、源氏を勝利に導いたのです。

ほかにも、『平家物語』には随所に「運」が出てきます。

「運」や「運命」は平安貴族の必読書のひとつであった『文選《もんぜん》』の「運命論」という文章から知られるようになった言葉です。「運命論」には**「運」・「命」・「時」の3つ**が大切だと書いてあります。ですから本当は「運命時論」ですね。

この3つについて見ていきましょう。

⁘「運」・「命」・「時」とは何か

まずは「運」です。

「運」というのは大きな流れをいいます。本来は王朝や王に使う言葉ですが、自分の人生にもあります。

5年、10年という人生における大きな流れ。それが「運」です。

次に「命」です。

「命」とはひとことでいえば、ひとりひとりが「持って生まれたもの」です。能力もそうですし、容姿もそうです。あるいは生まれもそう。

これらは変えることはできません。持って生まれて変えられないもの、それが「命」なのです。

『平家物語』でいえば、平氏の子どもたちは将来、貴族になることが約束された恵まれた「命」を持って生まれてきました。それに対して源氏の子どもたちは、地方に飛ばされたり、寺に入れられたりしていました。絶対に世に出ることはない。そのような「命」で生まれてきたのです。

しかし、それを変えたのが「時」です。

「時」という漢字の右側の「寺」は、もともとは上が「土」ではなく「止」と書かれていました。下の「寸」は手です。「寺」とは何かをしっかりとつかまえるという意味です。

流れゆく時の一瞬をじっとつかまえる、それが「時」です。

⁘「時」をつかまえた者が成功する

各人には定まった「命」があります。しかしどんなにすばらしい「命」を持って生まれてきても「時」をつかまえることができなければ、それはせっかくの「命」の力を捨ててしまうことになります。

『平家物語』の中で、すばらしい「命」を持って生まれてきたのは、平清盛の子どもたちです。しかし、彼らは富士川の合戦の失敗を見てもわかるように、「時」をつかまえることができませんでした。

それに対して、**恵まれない「命」を持って生まれながら、「時」をつかまえたのが源頼朝をはじめとする源氏の武将たちです**。彼らは「運」すらも変えました。

すばらしい「命」を持って生まれてきた人は恵まれています。しかし、そうでない人は、いかに「時」を味方につけるのかが大切になります。

昔から人々は「時」を味方につけるさまざまな方法を探ってきました。その中で数千年にわたって使われ続けたのが『易経』です。

『易経』は占いの本です。しかし、ただの占いの本ではなく、儒教の「四書五経」の筆頭に数えられ、科挙（官吏登用試験）に１３００年間にもわたって出題され続けたとても重要な書物でもあります。『易経』は世界中のさまざまな現象を「陰」と「陽」の組み合わせで考え、それで世界を読み解き、さらにはこれから起こることも予言するのです。

『易経』の本はたくさん出版されています。ぜひ、読んでみてください。

富士川の合戦

維盛《これもり》とその子、忠度《ただのり》関東へ出発！
ごめんね
斎藤実盛
俺関東出身だけど
関東武者はヤバいよ
親子でも互いの屍乗り越えて戦うし
めっちゃ非情！
ぞっ…

なんだか怖いね…
うん…
そのとき、地元の人間が炊事を始めた!
びくっ
あの火は源氏の大軍だ!
関東武者だー!
あんなに闇を支配していた平家が…
大パニック
怖いよー!

ひとつのことをやり抜くのが苦手なら

……やり抜く「忠」より、思いやりの「恕」で生きる

「お前は、本当に飽きっぽい。たまにはひとつのことを最後までやってみたらどうだ」といわれている方。

そういう人、大好きです。お仲間です。

私は、子どもの頃から老年のいまに至るまで、ずっとそういわれ続けてきました。最近は開き直って『三流のすすめ』（ミシマ社）という本まで書きました。

ここでいう三流とは「多流」のこと。ひとつのことができずに、あっちこっちに手を出してしまう人をいいます。

ひとつのことを極めて一流になれる人はほんのわずかです。ビジネスの世界だったら、大会社の会長、芸術の世界だったら人間国宝。**一流を目指す世界というのは、それ以外の人を「負け組」にしてしまう、冷たく厳しい世界です。**そんなのクソくらえ！　です。

ひとつのことがやり抜けないのは私のような飽きっぽい人だけではありません。さまざまな状況で、やり抜くことができない人がいます。たとえば会社を大事にすれば恋人や家庭がおろそかになる。社会のためにと考えれば、利益が犠牲になる。休みの日はずっと寝ていたいけど、昼にずっと寝ていると夜、眠れなくなる。あ、これはちょっと違うか。しかし、さまざまな葛藤のために思っていたことができないことがあります。

『平家物語』でも、葛藤に苦しんだ人たちがいました。本項では平家の武将、平敦盛と源氏の武将、熊谷直実《くまがいなおざね》の話をしましょう。

平家の滅亡に至る最後の3大合戦があります。一ノ谷の合戦、屋島の合戦、壇ノ浦の合戦です。

⁘「敦盛の最期」

平敦盛が亡くなったのは一ノ谷の合戦です。

木曾義仲によって都を追われた平家一門は、あてどのない旅を続けていましたが、ここ一ノ谷に来てやっとひと息つきました。なぜならここは、平清盛によって一度は都となった福原のすぐ近く。前には平家が得意な海があり、後ろには断崖がそびえます。前も後ろも自然の要害《ようがい》になっていて、ここから攻められるおそれはない。ここで力をたくわえ、再び都に上って政権を奪還しようと、平家の人たちは安心していました。

そんな要害の地に座を占めた平家ですから、最初は平家が有利でした。**しかし、源義経《よしつね》たちが断崖絶壁を馬で駆け下り、平家の背後を攻撃したのです。**これに驚いた平家の武将たちは、海に逃げ、船に乗ろうとします。海には彼らを助けるための助け船が何艘《なんそう》も待っていました。

しかし、逃げる人数が多すぎた。転覆する船もあります。そこで、身分の低い人が船に取り付くと腕を切り落としたり、追い返したりと、戦場は修羅の巷《ちまた》と化していました。

ひどい……。

源氏の武将である熊谷次郎直実は「平家の公達《きんだち》は助け船に乗るだろう。大将軍を討ち取ってやろう」と海辺に馬を進めていました。するとそこに、美しい甲冑《かっちゅう》を着た武者が沖の船を目がけて、海にざざっと馬を乗り入れ、5、6段（約60メートル）ほど泳がせているのを見つけました。

熊谷は扇を挙げて、「そこにいられるのは大将軍とお見受けします。卑怯にも敵に後ろをお見せになるものですな。お戻りなさい」と招く。すると、その武者は引き返します。

熊谷が敵将を本当に討ち取りたかったのなら、自分も馬で海に入って追うべきですね。ところが、熊谷の出身地は現在の埼玉県で、まわりに海はありませんから、おそらく海で馬を泳がせる技術がなかった。だから「こっちへ来い」と呼んだのです。海で馬を泳がせることができる平家と山で馬を操ることができる源氏。両者の得意とするところの違いが際立つ場面です。

それにしても呼ばれたからって、なにも戻ってこなくてもと思うのですが、この武者は呼ばれて磯に戻ってきました。もう平氏の運が尽きたのを感じていたのかもしれません。

熊谷は波打ち際で馬を並べて組み合い、ともに馬から落ちて砂浜に立つ。歴戦の勇士、熊谷です。すぐに平家の武者を取り押さえて首をかき切ろうと兜《かぶと》をのけます。

すると、その武者は自分の息子ほどの年齢の美しい若者でした。少年の首を取ることに躊躇《ちゅうちょ》した熊谷は問います。

「そもそもあなたは誰ですか。お名乗りください」

しかし、若者は「名乗らなくても、首を取って人に聞けば誰だかわかるだろう」と答えます。

立派な武将だと心打たれた熊谷は我が子のことを考えます。彼の息子の小二郎は、この戦いで軽傷を受けたのです。

「我が子の小二郎が軽い傷を負ったのでさえ私はつらく思っている。我が子が討たれたと聞いたならば、この子の父はどれほどか嘆かれることだろう。お助け申しあげたい」

❖ 熊谷直実の葛藤

諸行無常の『平家物語』の中心思想は仏教ですが、儒教も大きな影響を与えています。この熊谷直実の葛藤は、儒教的な葛藤です。

熊谷直実は**「忠」と「恕」**というふたつの徳目の間で葛藤していました。「忠」と「恕」は『論語』に出てきます。

ある日、孔子が弟子たちにいいます。

「私の道はただひとつのことを貫いているだけだよ」

弟子である曾子《そうし》は「はい」と答え、孔子は出て行ってしまいました。他の弟子たちには何のことか全然わからない。

そこで曾子に「いま先生は何のことをいったのですか」と尋ねました。すると曾子はいうのです。

「**先生の道は『忠恕』だけだ**」と。

「忠」とは「心の真ん中を貫く」ことです。最初にこれと決めたら、とことんそれをやり貫く、それが「忠」です。

それに対して「恕」は「如」に「心」が付いた漢字です。「如」とは神霊が憑依し、神と化した巫女が神託を語る姿を表します。

それに心が付く「恕」とは、相手と一体化する能力。現代の言葉でいえば「**共感力（エンパシー）**」です。

この「忠」と「恕」とは時には矛盾・葛藤することがあります。源氏の武将として平家の若武者を討ち果たすというのが「忠」です。

しかし、熊谷は、若武者と同じ年頃である自分の息子小二郎を想い起こすことによって、若武者の父親の心に一体化した。この子が死んだら彼の父親はどんなに悲しむだろう、彼を助けたいと思った。これは「恕」です。ふたつの徳目が、熊谷の中で葛藤します。

『論語』には別の日の話も載っています。

ある日、やはり弟子である子貢が孔子に尋ねます。

「たったひとことで、一生行うことができる言葉がありますか」

そのとき孔子は「それは恕だ」と答えます。

熊谷も忠と恕との間で葛藤しながらも「恕」を選択し、敦盛を助けようと決心しました。

しかし、後ろを見ると自軍の兵が50騎ほども近づいてきた。このままでは私が助けても、彼らに殺されるだろうと思う。

熊谷は泣く泣く、「他の者に殺されるくらいならば、私の手にかけて死後のご供養をいたします」といって若者の首を切りました。そして、若者が腰に笛をさしているのを見つけます。

昨夜、敵の陣地から聞こえてきた管弦（雅楽の演奏）の音の主は、この方であったか。戦場でも笛を吹くとはなんと優雅な人だと心を打たれます。

その後、この若者が平敦盛だと知った熊谷は出家して僧になったと『平家物語』にはあります。彼は浄土宗の開祖、法然上人《ほうねんしょうにん》の弟子になり、蓮生《れんしょう》という僧になりました。

⁘「恕」を大切にして生きる

会社や上司の秘密を守ると決めたら最後まで守る。そのために自分の命すら犠牲にする。

そういうことをするのは圧倒的に男性が多いですね。これは『論語』の徳目でいえば「忠」です。となると「忠」は男性原理なのかもしれません。それに対して、「恕」の中には「女」が入っています。こちらは女性原理なのでしょう。

会社や上司の秘密を守るために自分の命を犠牲にするのは、なんとも悲しいし、それに人生を無駄にしているようにもったいないと思ってしまいます。

しかし、私たちもこのようなことをしています。

「一度決めたことだから」、「苦労して入った会社だから」と、やりたくない仕事をしたり、すべきことではないと思っていることをし続けたりするのは、やはり自分の人生を考えれば、もったいないと思うのです。

自分を大切にするのは、自分に対する「恕」です。

「忠」と「恕」が葛藤したら、「恕」を選択しなさい、というのが孔子でした。本当に悩んだら、長期休暇を取ったり、あるいは一度やめてしまったり、というのもひとつの手です。

むろん、そんなあなたを世間は放っておいてはくれません。とやかくいう人はいるでしょう。お説教をするというおせっかいもいるかもしれません。

昔、あるドラマにこんなセリフがありました。

「お説教には頭が下がる。頭を下げればお説教は頭の上を通り越していく」

敦盛の最期

源氏の熊谷次郎直実
海に敗走する平家…名のある大将はいないかな
おっ
いいところに戻って！
平敦盛（17歳）
あれっ
どーー

息子の小二郎と同い年くらいじゃん…
どうしよう助けたい…
じっ…
でも味方が大勢見てる！
熊谷は泣く泣く敦盛を討った
人として助けたい気持ちより味方への建前が勝っちゃう俺って…
敦盛の笛
熊谷は出家の決意を固めた…

第4章

能

室町（南北朝）時代に
観阿弥《かんあみ》と世阿弥《ぜあみ》の
父子によって完成された芸能。
能面をかけて行う仮面歌舞劇。
世阿弥は能芸論も多く著す。

残念（＝あのときこうしておけば……）を昇華する「能」

能はいまから650年ほど前に観阿弥と世阿弥によって完成された仮面芸能です。そして、それ以来、一度も途切れず上演され続けているという、世界でも希有な芸能です。

現代の日本人に「能ってどんなイメージがありますか」と尋ねると、多くの人は「つまらない」とか「眠くなる」とかいいます。

これってすごいでしょう。つまらないもの、眠くなるものが650年も演じ続けられている。これは、「面白い」とか「つまらない」などというような表層的な理由では説明できない魅力が能の中にあるということを意味します。

本章では、そんな能の魅力の一端をお伝えできればと思っています。

能ができた時代は、激動の時代でした。朝廷がふたつに分かれるという南北朝時代。何度も起こる戦乱に、人々の生活も心も安定を欠いていました。その戦乱や飢饉《ききん》による餓死者も多く出ましたし、人買いも横行するような時代です。

そんな時代に「美」の芸能である能が生まれたことは示唆的です。

明治期の俳人、高浜虚子《たかはまきょし》は「極楽の文学」ということをいいました。どんなに苦しい日々の中でも、どんなに窮乏の生活に居ても、あるいは病苦に悩んでいるときでも、ひとたび心を花鳥風月に寄せれば、その苦しみを忘れ、慰安や心の糧を得ることができる。そして、それによって苦しみと闘う勇気を養うことができると。それが「極楽の文学」であるといいました。

高浜虚子は、能の舞もそうだといいます。能は苦しみの時代を生きていくための糧として「美」や「幽玄」を提唱したのです。

本章では、まず能の重要なテーマとしての「残念」についてお話をします。「残念」とは、残ってしまった念《おも》いです。「あのときに本当はこうしたかった」、「あのとき、あの人ともっとちゃんと知り合っておけばよかった」。私たちの人生には、このような「残念」がたくさんあります。能を観ることによって、そんな残念が昇華されます。

次にお話しするのは「こころ」のことです。実は能では「こころ」をあまり重視しません。なぜならこころの特徴は「こころ変わり」、すなわち変化することです。では、変化しないのは何なのか。そんなお話をします。

次は「ワキ」の話です。ちなみに私は能の「ワキ方」という役に属します。主役はシテと呼ばれる役者です。ワキ方の役者は一生、ワキだけをします。「ワキだけやっててつまらなくないの」などと聞かれます。いえいえ、私はワキが好きなのです。みなさんにも「ワキになろう!」と勧め、そして「ワキはこんなにすばらしいんだよ」ということをお話ししたいと思います。

最後は世阿弥が残した数々の名言の中から「初心忘るべからず」、「男時《おどき》・女時《めどき》」、そして「花」の話をします。

では「能」の世界に、どうぞ。

忘れられないつらい思い出があるなら

……残念を吐き出し、昇華する

「残念」という言葉があります。

いまでは「残念だった」というような使い方をしますが、もともとは文字通り「残った念《おも》い」を意味する言葉です。したくてできなかったこと、思いを告げられぬままに別れた人、そして恨み。そのような念いを「残念」といいます。

「未完の行為」という言葉があります。

円環の一点が途切れたように、それがつながるまで気になって気になって仕方がないこと。それが「未完の行為」です。

未完の行為を完結させるには、何もそれを実際にする必要はありません。誰かにその思いをちゃんと聞いてもらうだけでも、気持ちが完結して楽になることがあります。ただし、ちゃんと聞いてもらわないと完結はしません。

そして能は、そのような芸能、すなわち**「残念」を昇華する芸能**なのです。最初に能の作品をひとつ紹介しましょう。

❖能『定家』

『定家《ていか》』というタイトルの能です。藤原定家にゆかりの物語です。季節は旧暦の10月。いまならば冬です。場所は都。いまの京都。

すでに紅葉の季節も終わり、ほとんどの木が冬枯れています。そこに1本だけ紅葉を残した木がありました。北国から京に上ってきた旅の僧が、その梢《こずえ》に眺め入っていると、山あいから突然時雨が降ってきます。僧は思わず、かたわらの軒端に雨宿りをします。

するとそこに、どこからともなくひとりの里女が現れて僧にいいます。

「あなたが雨宿りをしているところは『時雨の亭《ちん》』という由緒あるところ、それを知って雨宿りをしているのですか」と。

確かに見れば「時雨の亭」と書かれた額が打ってある。

「誰が建てたところなのですか」

「この建物を建てたのは藤原定家卿です。実は今日は特別な日なので、お墓参りに行こうと思って参りました。よろしければご一緒ください」

藤原定家は平安時代末期の歌人です。百人一首を編んだのも彼だという説もあるほどの人。そんな人の建てたところに僧は雨宿りをしていたのです。

雨も上がり、女性に連れられてお墓に来てみれば、長い時の経過を感じさせる石塔には蔦葛《つたかずら》がまとわりついて、その形もさだかには見えない。

「どなたのお墓なのですか」

「式子《しょくし》内親王の墓です。そして、お墓に絡まりついている蔦葛を定家葛《ていかかずら》といいます」

「定家葛」の名に惹《ひ》かれた僧が、その由来を問うと、女は、遥か平安京の昔の恋物語を語り始めます。

昔、藤原定家と式子内親王とは恋に落ちた。しかし、式子内親王は斎宮《さいぐう》として神に身を捧げた皇女。生身の男と恋をしてはいけない。ふたりの恋は誰にも知られてはいけない忍ぶ恋でした。

彼女は「玉の緒よ　絶えなば絶えね　長らへば　忍ぶることの　弱りもぞする」という歌を詠みます。

玉の緒とは、魂と体とをつなぐ命の緒。「命の緒よ、絶えるなら絶えてしまえ」。私は死んでしまいたい。命が長らえれば、この忍ぶ思いが弱まって、ふと誰かに漏らしそうになってしまうから。

しかし、命長らえた彼女の恋心は人に知られ、ふたりは離れ離れになってしまいます。

やがて、ふたりは亡くなりました。

が、死後もまだ式子内親王に対する定家の思いは消えず、彼は植物の霊、すなわち「定家葛」になり、地を這い、式子の墓にたどり着くと、その墓石に這いまとわりついたのです。

式子内親王は、もとは神に身を捧げた女性。おそらくは、もうあんな苦しい思いなどはしたくないと願っていたでしょう。

しかし、能の中には「荊《おどろ》の髪もむすぼほれ」という詞が出てきます。この詞から想像をたくましくすれば、彼女の心は成仏をしたい。が、身体は違う。地底に眠る彼女の髪が伸びていき、上より覆う定家葛に絡まり、いつまでも離れることができない。「妄執を助け給へや」、こんな私の妄執を助けてくださいと、さきほどの女性がいうのです。

「え、あなたはこの里の人ではなかったのですか。本当は、あなたはどなたなのですか」

「私こそ式子内親王の霊。この苦しみを助け給え」と女性はいいつつ、墓の付近で姿を消してしまうのです。

気がつけば辺りは暗くなっている。

僧が『法華経』の薬草喩品《やくそうゆぼん》を読経していると、墓に絡まっている定家葛が解けていきます。そして、墓の中から式子内親王の霊が昔の姿で現れ、僧に報恩（感謝）の舞を舞います。

この舞は、囃子《はやし》（楽器）の演奏だけで舞われる、優美な、ゆったりした舞です。

「あなたのおかげで成仏できます」と式子内親王の幽霊が舞うのです。

しかし、舞が終わると定家葛が彼女の体に這いまとわり、式子内親王はまた墓の底、深い闇の中に引き戻され、僧の夢が覚める。

そんなお話です。

❖死者がこの世に現れる理由

この物語で、主人公（シテ）は里の女性の姿として現れた式子内親王の幽霊です。そして、ワキが僧、お坊さんです。

死者がなぜ幽霊としてこの世に現れるか、それは「残念」があるからです。この項の最初にも書きましたが、残念という言葉は文字通り「念《おも》いが残る」という意味でした。

能には「現在能」と「夢幻能」があります。**この世に念いを残して死んでしまった人が幽霊となって再びこの世に現れ、晴らせなかった念いを語ったり舞ったりする、**

それが夢幻能であり、それを静かに聞くのがワキの役割です。

残念を語ったり舞ったりしているうちにシテの念いは昇華され、あの世に帰っていきます。『定家』ではシテはまた墓の中に入ってしまいますが、演目によっては成仏することもあります。しかし、成仏したからといって、そのまま「はい、おしまい、ちゃんちゃん」とはならない。能という芸能が続く限り、残念のシテは何度も何度も現れます。

「残念」というのは一回解決したから、それで終わりということはありません。「こんなイヤなことがあったのよ」といって、「その話、前にも聞いたよ」といわれたらショックでしょう。

恨みや悲しみ、苦しみとか、そういうものは何度も何度も話すことが大事だし、聞かれることが大事なのです。

⁘残念と夢

能の物語は、最後は「夢が覚めた」で終わることが多い。しかし、これはいわゆる

「夢落ち」とは少し違います。

現代人である私たちが能の物語を観続けるのは、その物語に共感するからだけではありません。だいたい夢幻能のように主人公が幽霊や神様では、共感のしようもありません。

そうではなく、**私たちは能を観ることによって、自分でもそれとは気づかないうちに、自分の「残念」をも昇華させている。**だからこそ、なぜかわからないけれども何度も観に行ってしまう。それが現代でも能が演じられ、そして観続けられる理由のひとつではないでしょうか。

そして、能の話の多くが「夢でした」という終わり方をするということは、能のシテや、私たちの「残念」が夢の中に現れるということを示唆します。

ゲシュタルト・セラピーという心理療法では、**夢の中に現れるものはすべて自分であるといいます。**

嫌いな人、好きな人、あるいは夢に現れる自然までもが自分自身であり、夢を演じることによって、夢のメッセージを読み解こうというのです。

能は、そのような心理療法的な役割もあるのかもしれません。

ちなみに、日本人にとっての夢は特別でした。**なんと売り買いすらできるほどのリアリティのあるものだったのです。**

鎌倉時代の説話集である『宇治拾遺物語』には、夢占い師の家で、他人が話す吉夢の話を盗み聞きした男が、夢占い師からその夢を買い取って出世したという話が載っています。

夢を見たのは地方長官の息子、いまでいえば県知事の息子。家柄もいい男で、そんな彼が大出世をする夢を見たのですが、夢を盗まれ転売されてしまったがために官職もないままに一生を終えました。

ちなみに買い取った男は、その部下の子で、本来ならば鳴かず飛ばずの人生のはずでした。しかし、のちに唐に留学して大臣にまで出世しました。歴史にもその名が登場する吉備真備《きびのまきび》です。

フロイト以降、夢は個人的な無意識の産物になってしまい、夢の売り買いは、昔の人の無知の産物と片づけられるようになりました。

しかし、夢の売り買いの説話は、夢というものは個人的なものにとどまらず、集合的なものでもあるということを示しています。そして、それに賛同する心理学者、精神科医も多くいます。

能を観続けると夢が変化するという人もいます。そうなるとより「残念」が昇華しやすくなります。

能を観ながら、そして夢を見ながら、自分の「残念」を昇華させましょう。

定　　　　家

京都にて
これはどなたのお墓ですか
式子内親王の墓です
お墓に絡まっているツタはテイカカズラといいます
禁じられた恋をした式子内親王と藤原定家…
ふたりが亡くなっても定家の思いは消えず
ツタになってお墓に絡まろう…

でも本当は私も諦められない
この苦しみを救ってください
救うって　あなたは…
私が式子内親王です
フッ…
亡くなった後も念いは残るのだなぁ
式子内親王の幽霊は一度成仏しますが何度もツタに絡まれます
残された念いは消えないのです

いつも「こころ」に振り回されているなら

……こころを師とするな

能を「こころの芸能だ」という人がいます。

それはちょっと違います。実は能では「こころ」などはあまり重視しないのです。**こころの特徴をひとことでいえば「変化する」ことです。**「こころ変わり」っていうでしょ。こころはころころ変化するものなのです。そのようなものをテーマにしていたら、能は650年も続いていません。もう飽きられてしまっているはずです。

では、能では何を大切にしていたのか。そのお話をするために、『隅田川』という能の物語を紹介しましょう。

⁘能『隅田川』

能のできた時代は、川にかかる橋がまだあまりない時代でした。武蔵の国（東京）を流れる隅田川にも橋はなく、向こう岸に人々を舟で渡す渡し場がありました。

そこにやってきた旅人が船頭に乗船を頼みます。

船頭は旅人のあとから大勢の人が来るのを不思議に思って「あれは何ですか」と尋ねると、旅人は「あれは女物狂《おんなものぐるい》がやってくるのです」と答えます。船頭は「では、彼女が来るのを待ってから舟を出しましょう」といい、女物狂の到着を待ちます。

やがてやってきた女物狂は「舟に乗せてください」といいますが、船頭は「面白う狂え」といいます。もし狂わなければ舟には乗せないと。

ひどい船頭ですね。でも、この時代の「狂う」は「踊り狂う」ことをいいます。

「狂う」の語源は「くるくる」だという説があります。くるくる「まわる」から「まい（舞）」といいます。そして、くるくる回って舞っているうちになにものかに憑依されて物狂になる。

船頭が女物狂にいった「面白う狂え」というのは、くるくる回って物狂の舞を舞って見せてくれという要請だったのです。

女物狂が舞ったのは、日本最古の歌物語と呼ばれる『伊勢物語』をもとにした舞でした。都を追われた在原業平《ありわらのなりひら》は、ここ隅田川で都にいる恋人のことを思い、そして『伊勢物語』で詠った「都鳥」の古歌を引いた。

狂女は自分と在原業平を比べて、そこに歌枕なども織り込んで舞います。在原業平の故事は平安時代、そしていまは室町時代。500年以上の時が経っても変わらない思いをアドリブで謡い舞う女物狂に、船頭をはじめ旅人たちも感動して、船頭は女物狂を舟に乗せます。

女物狂や旅人たちを乗せた舟は隅田川を渡り始めます。

向こう岸が見えてくると、多くの人が大声で念仏を合唱する声が聞こえてきます。大念仏です。

「あれは何ですか」と旅人が尋ねると、船頭が「あれは人の弔いで念仏をしています。この舟が向こう岸に着くまでに語って聞かせましょう」と語り始めます。

去年の3月15日。おや、ちょうど今日がその日です。

まだ10歳になるかならないかの子どもが、人商人《ひとあきびと》に連れられてこの地にやってきました。聞けば都からやってきたとのこと。

しかし、都からここまでは長い距離、子どもの足にはつらい。この子はとうとう重い病気になってしまったのです。

ひどい商人は、この子を捨てて、他の子たちを連れて奥州に行ってしまいました。

この子の病はみるみる悪化し、もうダメだというときに、土地の人たちがこの子に名前を尋ねました。

「私の名前は梅若丸。都、北白川の吉田の何某《なにがし》という人のひとり子でした。父は早くに亡くなり、母とふたりで暮らしていましたが、人商人に誘拐されてここまで来たのです。もし私が死んだら、私の墓標に柳を植えてください」

「なぜ」と土地の人々は尋ねます。

「ここは都の人も通るでしょう。柳があれば、その木陰に休みます。その方たちの足の影や手の影も懐かしいのです」そういうのです。

「しかし、本当は何よりも母上が恋しい」そういい、念仏を4、5遍唱えたと思ったら、もう息絶えていました。

今日がその子の正命日なので、ところの人が集まって大念仏をしているのです。この船中にも都の人がいらっしゃるでしょう。よろしければ大念仏にご参加なさってお弔いください。

そう語っているうちに舟が着きました。

みなは下りるのに女物狂だけは下りない。そして、船頭に、その子の名や出自を何度も尋ね、とうとう号泣してしまいます。船頭は彼女こそ、その亡くなった子の母だと気づき、「その子の塚に連れて行くから、もう泣くのはやめて、一緒に念仏を唱えよう」といいます。

梅若丸の塚についた母は、「我が子の姿をもう一度見たい」と狂乱し、墓の土を掘り起こそうとしますが、船頭に「それよりも念仏を」と勧められ、鉦鼓《しょうこ》を鳴らしながら念仏を唱えます。

何度も何度も念仏を唱えていると、塚の内から声がします。よく聞けば我が子の声。聞こえたのは母だけではありません。そこにいるみなが子どもの声を聞いたのです。

「私たちは念仏をやめるので母ひとりで念仏してみてください」と船頭はいう。

母がひとりで念仏を唱えていると、声だけでなく我が子の幽霊も現れました。母は「ああ、我が子」と抱きしめようと近寄るのですが、幽霊なので腕をすり抜けてしまう。また、違う方向から現れたので抱こうとするが、これもすり抜けてしまう。

そのようなことを繰り返しているうちに東の空が白み始め、夜明けと共に幽霊の姿も消え、ただ墓標となった柳だけが残っていました。

❖「こころ」と「思い」

これが能『隅田川』のあらすじです。

さて「こころ」の話に戻りましょう。

この能で、女物狂が『伊勢物語』をもとにしたアドリブの舞を舞ったときの詞章を見てみましょう。シテが女物狂、ワキが船頭です。

ワキ：妻をしのび。
シテ：子を尋ぬるも。

ワキ：思ひは同じ。
シテ：恋路なれば。

ここ、武蔵国（東京）の隅田川を前にして、平安時代の『伊勢物語』では、その主人公、在原業平は都（京都）にいる《恋人》のことを思っていた。いまはそれから500年ほどの年が経った室町時代。私（女物狂）は隅田川を前にして《我が子》のことを思っている。

対象は違う。しかし「思ひは同じ」と謡います。

そうなのです。**「こころ」はころころ変わるもの**です。

去年は「あの人が好き」といっていた人が、今年はもう違う人を好きになっている。

それは「こころ変わり」がその特徴である「こころ」ではあたりまえのことです。

しかし、**その深層にある、人を好きになるという「思い」は変わらない**。それを『隅田川』では「恋路」と名付けました。

「恋（こひ）」とはもともとは「乞ひ」、強い渇望をいいます。辞書的な定義をすれば「本来は自分の中にあったものが一時的になくなり、それが戻ってくるまでは安心できない状態」をいいます。

たとえばバーゲンセールに小さい子どもを連れて行ったとしましょう。子どもはすぐに飽きて「お母さん。もうおもちゃ売り場に行こう」なんて袖を引っ張ります。しかし、お母さんはそれを無視してセール品をあさる。

が、ふと気がつくと子どもがいない。その途端に、バーゲン品なんてどうでもよくなり、子どものことしか考えられなくなる。子どもが戻るまでは不安で、不安で仕方なくなる。

それが「こひ」です。**人は、ある年齢からこの「こひ」を心の中に飼い始めます。**

小さい頃、自動車のおもちゃが欲しい！　と泣き叫んで買ってもらったら、今度は飛行機のおもちゃが欲しくなった。お人形を買ったら、違うお人形が欲しくなる。その対象は、おもちゃから恋人になる。恋人から我が子になる。そして、年を取ると自分の過去になる。

それらはすべて「思い」が生み出した幻影です。時間が経つと変化してしまうものです。

いま目の前にいる人。「この人こそ、生涯の私の伴侶。どんなことがあっても変わらない」と思っているかもしれません。しかし、その人ですらあなたの「思い」が生み出した幻影としての対象にすぎません。

だって、たとえば浮気しただけで「そんな人だと思わなかった」という人がいます。そう、その人は、相手をそんな人だと「思って」いた、自分の思いが作った幻影としてその人を見ていたのです。あるいは相手の言葉や行動から幻影を作って見ていた。

浮気だけではありません。たとえば結婚した途端、性格が変わったとか、たとえばお金持ちだと思っていたけれども、実は借金まみれの無一文の人だったとか、そういうことで幻滅したとしたら、それはまさに「幻滅」、幻影が消滅したこと。それもあなたの「思い」が見させていた幻影なのです。

『熊坂』という能には「迷ふも悟るも心ぞや。されば心の師とはなり、心を師とせざれ」という詞章が出てきます。

「思い」はあります。しかし、その対象はころころ変わる。それは悪いことではない。

それが人間です。

『熊坂』では、自分自身が自分の「心の師」になりなさいと謡います。さまざまな幻影を生み出しているのが自分だと知り、そしてそれが幻影だと知り、その上で人生を楽しむ。

それが能の教える「こころ」との付き合い方です。

母とふたりで
暮らしていた都から
誘拐された上
病気で捨てられた
梅若丸
私が死んだら
墓標に柳を植えてください
何故…
柳があればここを通る都の人々もひと休みする
その方たちの影すら私には懐かしいのです

でも本当は
母上が恋しい
…!
幽霊になった
梅若丸は
母親と
再会しました
ああ
我が子…!
しかし
幽霊なので
抱きしめようとしても
すり抜けてしまうのです
するっ

主役に向いていないタイプなら

……究極の「ワキ」になろう

能にはシテとワキがいます。主役はシテです。そして私はワキ方に属します。ワキ方に属する役者は、一生ワキだけをします。

シテになるか、ワキになるかは最初に選びます。上手だからシテ、下手だからワキというわけではありません。ワキ方の家に生まれた人はワキをし、また私のように途中から能の世界に入った者は、自分から「ワキになりたい」と思ってワキを選ぶのです。

「ワキばかりやっていてつまらなくないの」とたまに聞かれますが、私はワキが好き

なのです。

ワキを「脇役」だと思っている人がいますが、それはちょっと違います。

最初にお話しした『定家』という能では、シテは式子内親王で、ワキはお坊さんです。夢幻能のシテは幽霊か、または神様、あるいは動植物の霊、そして妖怪ということもあります。

不可視の存在、この世のものではない。それが夢幻能のシテです。

そのこの世のものではない存在を、この世に呼び出すのがワキの役割です。

「ワキ」という語は「分く」の連用形です。「分く」というのは分ける人であり、あるいは分け目にいる人。**境界にいる人です。**

この世ならざる世界と、この世の境界にいる人。だから、ふとこの世ならざる存在に会ってしまったり、そういう人の話を聞いてしまったりします。

私は、こういうワキが大好きだし、こういう生き方をしたいと思っています。**表舞台に立つ主役ではなく、人の話を聞いたり、人を引き立てたり、そういう生き方をしたい。**すべての人が主役である必要はない、そう思っています。

でも、ワキはなぜ境界に生きる人になったのでしょうか。

それを知るために能の物語をひとつ紹介したいと思います。『敦盛』という能です。第3章『平家物語』でも扱った「敦盛の最期」がもとになった能です。少年武将、平敦盛を討って出家した熊谷次郎直実。その熊谷がワキとして登場するのが能『敦盛』です。

⁘能『敦盛』

能『敦盛』は、蓮生法師の旅から始まります。

彼こそが源氏の武将、熊谷次郎直実の出家した姿でした。

蓮生法師は自分が討った敦盛の菩提を弔うために、一ノ谷（兵庫県）を訪れました。海を眺めながら敦盛を討ったときのことを思い出していると、どこからともなく笛の音が聞こえてきました。

「誰が吹いているのだろう」

蓮生が笛の主を待っていると草刈たちが現れました。蓮生が話しかけると、彼らは草刈の笛についての話を蓮生にします。

そのうちに日も暮れたので草刈たちは家に帰って行きます。

しかし、その中のひとりだけは帰らない。「なぜ、あなただけが残ったのですか」と問う蓮生に、草刈は「念仏を授けてください」と頼みます。蓮生が草刈に名を尋ねると、「私は平敦盛のゆかりの者です」といいます。

「ゆかりの人と聞くだけで懐かしい」と蓮生は念仏を授け、ふたりでお経を唱えます。

すると草刈は「あなたが毎朝、毎晩弔ってくれている相手、それこそが私なのです」と告げて、姿を消してしまうのです。

ひとり残された蓮生は、彼こそ敦盛の亡霊だと思い、一晩中、敦盛の菩提を弔っています。

すると、敦盛の幽霊が甲冑の姿で現れ、平家一門が都落ちをしてからのわび住まいのさまや、運命の一ノ谷の合戦を語り舞います。味方の船に乗ろうと海に馬を乗り入れた敦盛を呼び止める熊谷次郎直実。そして、馬上の戦いのあと波打際に落ち重なって、ついに私は討たれて死んだ。

「しかし、因果は廻りあう。敵がそこにいる。いまこそお前を討ってやる」

そういって太刀を抜いて、蓮生を討とうと近寄るのですが、「毎日念仏をして弔ってくれている蓮生法師を討つことなどはできない。あなた、蓮生の念仏のおかげで、私もあなたもともに極楽浄土の蓮の上に生まれ変わることができるのです。法《のり》の友の蓮生法師、いまではもう敵ではありません」と回向《えこう》（供養）を頼んで去っていきます。

⁘ワキ的生き方のすすめ

ワキである蓮生法師は、源氏の武将、熊谷直実でした。

平家が滅んだあとは源氏の世になりました。熊谷直実も出家などをせずに源氏の武将として生きたならば、敦盛を討った恩賞でひとかどの武将として生きることができたはずです。

順風満帆な生を送っていた彼の人生は、敦盛を討ったことですべてが変わってしまった。**生きていることがイヤになり、出家をしてしまったのです。**そのとき彼は生者であるとともに、死者に似た者にもなりました。

まさにワキ（分き）、境界に生きる者になったのです。

私たちの人生でもこういうことはあります。

いままで築いた地位から転落する。それまで頼っていたものが突然なくなる。信じていた人から裏切られる。取り返しのつかない大失敗をしてしまう。あるいは何か特別なことはないにもかかわらず、ある朝、突然、すべてのやる気を失ってしまう。

そういうとき人は絶望のふちに追い込まれます。しかし、それは「ワキとして生きよ」という人生からのメッセージかもしれません。

そんな状態に陥ったら、いっそのことワキ的生活に移行するのはいかがでしょうか。

ワキ的生活とは、「自分は主役にはならない」と決めることから始まります。**主役に「なれない」ではなく「ならない」**。自分の意志で主役を放棄します。そして、ワキになる。

ワキは「分く」という言葉からできましたが、「分く」存在としてのワキにはいくつかの意味があります。

ひとつは前述した「境界に生きる」ということ。ひとつの世界に属するのではなく、いくつもの世界の境界に生きるのです。

日本語には「あわい」という言葉があります。「間（あいだ）」に似ていますがちょっと違うのが「あわい」です。

「間」は英語でいえばbetween。「あきど」が語源の言葉で、ふたつの物質間の空いた場所をいいます。

それに対して、「あわい」というのは「あう（合う）」が語源。**ふたつのものの重なる場所が「あわい」なのです。**

ワキは「あわい」にいます。能のように死者と生者のあわいにいることもあれば、この世のふたつの世界のあわいにいることもあります。あるいはいくつかの世界の「あわい」にいることもある。

共通することは、ひとつの世界だけでなく、いろいろな世界の、しかもその「あわい」＝境界にいるということ。それがワキです。

また、「分く」には分からせるという意味もあります。この世の存在ではないシテの姿はふつうの人には見えません。それを観客に分からせる、すなわち見せるのもワキの役割です。

現実生活でも、**人が難しいと感じたり、抽象的すぎて理解できないと感じたりするものを分かりやすく説明する、**それもワキの役割のひとつです。

また、「分く」には、むろん「分ける」という意味もあります。そして「分ける」

は「分かる」です。

この世に再び現れたシテは「残念」を抱えています。この世に再臨するくらいですから、その残念は非常に大きいはずです。

しかし、能のシテに限らず、**本当に大きな悩みを抱えている人は自分の悩みがよく分かっていないことが多い**。そういう人に「あなたの悩みは何なのですか」と聞いてもダメ。さまざまな要素がぐちゃぐちゃに絡まって、どれが悩みの中心なのか分からないのですから。

その複雑な悩みを、快刀乱麻を断つごとく「分け」て、「分かる」ようにする、それもワキの役割です。

能のワキは主にそれを「**問う**」ことによって行います。それも「悩みは何ですか」などと直接的に問うことはせずに、答えやすいことから問うていきます。シテはその問いを通して、自分の悩みの核心に向かっていくのです。

ワキの役割をまとめますね。

まずは境界に生きる人、そして分からせる人、最後に分ける人、それがワキです。

自分が主役になることはきっぱり止め、このようなワキとして生きていく、それは主役として生きるよりも充実した人生かもしれません。

∴主人公とは何か

さて、いままで主役はシテだという話をしてきました。しかし、シテもワキも、みな「主人公」なのです。こんな話があります。

禅宗のあるお坊さんは毎日、自分で自分に向かって「主人公」と呼び、それに対して自分で「はい」と答えていました。ある日は「目覚めているか」と自分に呼びかけ、「はい」と答え、またある日は「人に騙されるなよ」と呼びかけ、「はい、はい」と答えていました。

この「主人公」は、禅宗では「本来の面目」といわれますが、難しい話はここでは置いておきましょう。

お坊さんは、**自分が自分の意志で、ちゃんとここにいるのか**を問うています。映画の主役をするような人でも、それが自分の意志ではなく、人からいわれてやっているのでは「主人公」ではありません。

ワキ役の人だって、自分がそれを選択してやっていれば「主人公」です。いや、人からやらされていることでも、それを自分の選択としてやっていれば「主人公」なのです。

精神科医のヴィクトール・フランクルは、明日ガス室に送られて殺されるかもしれないという、ナチスドイツの強制収容所に入れられたときですら「意志」の力で自由を得ることは可能だということを実証しました。

私たちは主役であるか、ワキ役であるか、そんなこととはまったく関係なく、自分の人生においては、みな「主人公」なのです。

あなたは教えてくれた　小さな物語でも
自分の人生の中では　誰もがみな主人公
『主人公』さだまさし

ワキ役の人生

俺の人生の主人公は
俺だ！
それなのにうまくいかないことばかり
ワキになったらどう？
嫌だよワキ役なんて
「目立たない」って意味じゃないよ
人の話を聞いたり
人を引き立ててあげるんだ！

やってみると
意外にも
人の話を聞くって楽しい
感謝されるって嬉しい！
俺は
ワキで生きる！
そう思ったら
不思議と楽になった
自分で生き方を決められた
やっぱり俺は
人生の主人公だ！

何をやってもうまくいかないときは
……「男時」と「女時」を賢く使い分ける

能を大成した人として世阿弥を紹介しましたが、彼は子孫や弟子、あるいは後輩のためにさまざまな文章を書きました。その中から名言をいくつか紹介しましょう。

❖その1「初心忘るべからず」

世阿弥の残した言葉の中でもっとも有名なのは「初心忘るべからず」でしょう。正確にいえば、これを最初にいったのは世阿弥ではなく、お父さんの観阿弥ですが、世阿弥はそれを広げて、さまざまな意味で使いました。

みなさんも「初心忘るべからず」はご存じだと思いますが、実はもともとの意味はふだん私たちが使うのとはちょっと違うのです。

まずは「初心」の「初」という漢字の意味を見てみましょう。

「初」という字を見ると、左が「衣」偏で、右が「刀」になっています。着物というものは、最初は一枚の反物、布地です。その布地にはさみを入れて着物を作ります。「初」は、その、最初に布地にはさみを入れることを表した漢字です。

ですから「初心」というのは、自分自身の心にはさみを入れることをいいます。人は次のステージに行くときに、過去の自分を切り捨てる、それを忘れてはいけない、それが「初心忘るべからず」なのです。ずいぶん違うでしょ。ふだんの意味と。

世阿弥は、さまざまな初心をいっています。

まず「時々《じじ》の初心忘るべからず」といいます。「時々」というのは人生のさまざまな時におけるステージです。

人にはいろいろなステージがあります。

いつも親と一緒にいた乳幼児の時期、親と別れて保育園や幼稚園に行く時期、小学校、中学校、高校。あるいはさらに学校に行く。そして就職をする。結婚をし、子どもができる。壮年になり、老年になる。

そのステージのたびに過去の自分を切っていけ、というのが、「時々の初心忘るべからず」です。

でも、これはなかなか難しいですね。人は慣性の動物なので、自分ではなかなかできません。

そこで、背中を押してくれる人や、強制力をもったさまざまなシステムが必要になります。そういう人は、正直、ちょっとウザい。でも、その人のおかげで私たちは変容できるのです。大切にしましょう。

❖その2「男時・女時」

次は「男時《おどき》・女時《めどき》」です。

この「男」・「女」は性別の男女というよりは、陰陽思想の男女です。**天地・男女に陰陽があるように「時」にも陰陽がある**、世阿弥はそう考えました。そして陽の時を

「男時」、陰の時を「女時」と名付けました。

世阿弥の時代は、相手の座（劇団）と自分の座のどちらが客に受けるかを勝負する立ち合い、バトルがありました。

バトルの勝敗を決めるのは実力だけではありません。「時」の運も大事だと世阿弥はいいました。

勝負をしていると、必ずどちらかが勢いづくということがあります。**運が向いている時、それが男時です。**

この男時は勝負を続けていれば、必ずあちらに行ったり、こちらに来たりするものです。それを世阿弥は「勝負神」ともいいました。「勝神」さまと「負神」さまがあっちに行ったりこっちに来たりする、それが勝負です。

これはふだんの生活でもあります。

何をやってもうまくいく時があれば、することなすことなぜかうまくいかない時もある。これも男時・女時です。

大切なのは、時の流れにはこのふたつがあるということを知ることです。そして男時の時にはこちらに勝神さまがいて、女時の時には負神さまがいると思うことです。

ライバルの出来が良い時は、男時を司る勝神さまが相手方にいらっしゃると心得て、まずは畏怖の心を持ち、そして勝神さまがこちらにやってくるまでゆったりと待ちます。

むろん、負神さまも神様なのでないがしろにしてはいけません。負神さまは陰の神様なので冬の神様です。日本語の「ふゆ」は「経ゆ」でもあり「増ゆ」でもあります。必ず変化するから「経ゆ」であり、そして冬は部屋に閉じこもり、枯渇したエネルギーを蓄積する時季だから「増ゆ」です。冬は力を蓄える時なのです。

負神さまがこちらにいらっしゃる時には、蓄積の時と心得て、勝負だったら、負けをできるだけ少なくします。**力を温存し、そして「男時」の波がやってくるのを待ちます。**

そして、勝神さまがこちらに来たと思ったら、とっておきの自信作を演じるがよいと世阿弥はいいます。

男時・女時でもうひとつ大切なことは**「男時の無駄遣い」をしないこと**です。

大して重要ではない時には勝ちにこだわる気持ちを抑えて、勝負に負けても気にかけず、力を温存して、控え控えめに能を演じなさいと世阿弥はいいます。

この「男時の無駄遣い」をしないということは私たちのふだんの生活でも大切です。雑談などでも、すぐに「それは違う」という人がいます。本人はそのつもりはなくても、なぜか議論になる人がいます。そして、「あなたが正しい」といわれるまで「でも」「でも」といい続ける。

無理矢理、勝神さまを呼び込もうとする。

これは「男時の無駄遣い」です。このような無駄遣いをしていると、本当に大事な時に勝神さまは男時を運んできてくれなくなってしまいます。

さて、男時・女時は、時間単位で推移する「小さな時の運」もありますし、一年、数年、10年単位で推移するという「大きな時の運」もあります。

能を始めて間もなくのこと、とても大きな失敗をしたことがあります。師匠に合わせる顔がなく、誇張ではなく自殺してお詫びしようかと思ったほどです。

師匠のお宅に向かうのが苦痛だった。いつもは怖い師匠です。怒鳴られ、叱責されることは確実。殴られるかもしれないし、破門されるかもしれない。キリキリする胃を抱えながら、師匠の前に出ました。そして、これこれこういう失敗をしましたと平身低頭謝りました。

すると師匠は、いつものように怒鳴りもしないし、叱責もせずに、ただ**「そんなこと、10年経てば誰も覚えていない」**といってくださったのです。

楽になりました。

しかし、それだけではありません。それまで持っていた時間の感覚が変わったのです。**いろいろなことを考えるのに最低10年が基準になりました。**

早くうまくなろうとか、早く何かを獲得しようとか、そういうことがバカらしくなりました。

「女時」は一日で通りすぎることもあれば、数日、数年続くこともあります。陰の時季、冬の季節です。

うまくいかない時こそ「ああ、いまは女時なんだ」と思い、心静かに、ゆったりと過ごしたいものです。

❖その3　花と面白きと珍しきと、これ三つは同じ心なり

次は「花」に関する名言を紹介しましょう。

世阿弥にとってももっとも重要なキーワード、それが「花」です。

「花がある」といいます。取り立てて美しいわけではないが、なぜか惹かれる、そんな役者がいます。

逆に、確かに美しいけれども、舞台では光らないという役者もいます。これは「花」の有無によります。

「花」は芸能者や舞台人だけでなく、誰にとっても大事です。一度会っただけなのに、なぜか記憶に残るという人がいます。逆に何度会ってもすぐに忘れてしまうという人もいます。それも「花」です。

世阿弥は「花」について、こういっています。

住《じゅう》する所なきを、まづ花と知るべし

「花」とはまずは「住する所なき」、すなわちとどまらないことなのです。

変化し続けること。これは世阿弥の「初心忘るべからず」にも通じます。

能は古典芸能なので変化をしていないと思われています。しかし、わかっているだけでも何度も大きな変化をしています。

そのひとつが江戸時代の初期。当時の能の上演速度はいまの2倍から3倍だったのではないかという人もいます。**能をいまの3倍で謡ったら、それこそラップです**。もちろん、すべてがそうではなかったとは思うのですが、ラップのような能もあったはずです。

それがあるとき、いまのようなものに変わった。

それまでの役者は反対したに違いありません。「そんなの能じゃない」といった人もいるでしょう。

しかし、世阿弥の「住する所なきを、まず花と知るべし」を体現している能の役者たちは、能の変化を進んで受け入れたのです。

人もそうです。

若い頃は、華やかなことに惹かれます。しかし花は春だけに咲くものではありません。

四季折節に、その時を得て咲くゆえに、人はそれを賞玩します。能もそうだと世阿弥はいいます。

“男時”と“女時”

宝くじ
100枚買ったのに全部ハズレ
はぁ…
お？
組違いで1万当たりだ
俺って
いつも損してる…
そういうわけでもないだろ
調子いい時もあったはず
おごるよ
ありがと
まあね

ODOKI
男時
能の世界では「男時」「女時」という言葉を使う
MEDOKI
女時
調子のいい時はどんどんいっちゃう男時スタイル
風向きが悪くなったらリスクを抑える女時スタイルだ！
俺もそうやって運を乗りこなしたい
すごい食うじゃん
俺そろそろ女時かな…

第5章

おくのほそ道

江戸時代の俳人、松尾芭蕉《ばしょう》が、
門人の曾良《そら》を伴って、
江戸から奥州、
北陸道を巡った旅の記録。

いまいる場所がしっくりこないときには『おくのほそ道』

「古池や蛙《かわず》飛び込む水の音」、『おくのほそ道』、日本人なら誰でも知っているこの俳句や文学は、江戸時代の俳人、松尾芭蕉によって作られました。

いまでは、俳諧の聖人、「俳聖」とまで崇《あが》められている松尾芭蕉ですが、その生まれは不遇でした。また、その不遇な生まれの影響で、育ちも恵まれないものでした。

しかし、いまはこんなにも有名な芭蕉です。彼はどんな不撓不屈《ふとうふくつ》の精神で、不遇な生まれ、恵まれない境涯から脱したのか。

「私たちも彼に負けないような強い精神を持とう！」

……なんていう気はまったくありません。

芭蕉が全然違ったのです。

むろん、努力はしました。おそらくは精一杯の努力をしたでしょう。

しかし、芭蕉が最後に選択したのは、生まれやら境涯やらをとやかくいう世界から離脱しちゃおう！　ということでした。

自分を縛るそんな世界からの離脱、それが本章の最初にお話しすることです。

士農工商という四民《しみん》の枠の外（方外《ほうがい》）の世界で自由に生きていく生き方、芭蕉はそれを創出しました。

これは現代ではとても大事ですし、それに芭蕉の時代よりはずっとやりやすくなっています。それなのにシガラミと人間関係に縛られて、がんじがらめの人が多い。ちょっともったいない。ぜひ、芭蕉の生き方からヒントをもらってください。

次にお話しするのは、この世のすぐ横にあるもうひとつの世界の可能性について。なんだかSFのような話ですが、しかし視点を変えれば私たちの住む世界のすぐ横には、ふだんは気づかないもうひとつの世界があることに気づくはずです。そして、そんな世界にふと迷い込むと世界は変わってしまいます。『おくのほそ道』からそんな物語を読みます。

そして、そんな旅をみなさまにおすすめするのが次の「おくのほそ道を歩いてみよう」。これは時間をかけて、ゆっくり、じっくり、たらたらたらたら歩く旅のすすめです。疲れない歩行法についてのお話もします。

最後が自分の捨て方、獲得の仕方です。芭蕉も生まれ変わるために、過去の自分を一度捨てました。「本当の自分」なんて存在しない。サイコシンセシスという心理療法も紹介します。

世の中になじめないなら

……社会からの離脱のすすめ

後年、俳聖と呼ばれた松尾芭蕉ですが、子どもの頃の芭蕉を知る人は、彼がそんなに偉くなるなんて、誰も思わなかったでしょう。

その生涯を紹介しましょう。そうそう、最初にお断りしておきます。芭蕉は子どもの頃の名前である金作からはじまり、生涯にわたって名前は何度か変わっていきますが、本書では特別な場合以外は芭蕉で通すことにします。

さて、話は松尾芭蕉が生まれる少し前にさかのぼります。

芭蕉の出身地は伊賀国上野（三重県）です。

彼が生まれる数十年前、その地で2度の戦いがありました。伊賀と織田氏との戦いで、天正伊賀の乱と呼ばれるものです。

最初の乱、第1次天正伊賀の乱を仕掛けたのは織田信長の息子、信雄《のぶかつ》です。信雄が父、信長に無断で8000の兵を率いて伊賀を攻撃したのです。迎え撃つ伊賀衆はたったの1500。圧倒的な差です。しかし、伊賀は忍びの里。忍者を使って織田軍に勝利します。

負けるのが嫌いな信長、しかも息子が勝手に兵を出しての敗退。信長は激怒し、息子を勘当しようとしたくらいです。

しかし、この戦いで忍者というものに対して警戒心を抱いた信長は、やがて大量の兵を息子に与えて第2次天正伊賀の乱をおこします。織田軍は一説には10万以上の軍勢。対する伊賀衆は9000。10倍以上の差です。さすがにこの戦いに持ちこたえることはできず伊賀衆は壊滅してしまいました。

織田軍の進軍は熾烈《しれつ》を極め、殺戮《さつりく》されたのは兵士だけではなく、寺院は焼き払われ、9万人いた住民も3万人以上が殺されたといわれています。

それ以来、伊賀の人々は織田信長から憎まれるようになります。その後を継いだ豊臣秀吉からも憎まれました。また、伊賀衆を率いた伊賀の豪族たちは、土地を離れて生活をするという離散の憂き目をみていました。

江戸時代になって、藤堂高虎《とうどうたかとら》という武将によって、ようやく豪族たちも伊賀に戻ることが許されました。

しかしその身分は「無足人」という、苗字帯刀は許されるが、禄《ろく》は与えられないという無給の武士にされました。芭蕉も、苗字帯刀は許されていましたが、身分としては農民でした。

しかも、それだけではない。その土地に生まれた者は、敗残者の血を引く者として、一生出世は望むことはできないという烙印《らくいん》を押されたのです。

∴敗残者の地に生まれ、どう生きるか

敗残者の土地の家の者として生まれた芭蕉。

芭蕉ほどではありませんが、私も「もっと違う生まれだったら」と思ったことがあ

りました。

前にも書きましたが、私は小さな漁村で育ちました。高校に入って驚いたのは、同級生たちが塾や予備校に通っているということでした。

先生の授業は全然わからない。そういうときに塾で質問をすると教えてくれるそうなのです。これは魔法のように聞こえました。「そんな手があるのか」と驚きました。

「塾に行かせてほしい」と親に頼んだことがあります。が、「そんなにまでしなければできないのはお前の頭が悪いからだから行ってもムダだ」と無視されました。

もし、漁村ではないところに生まれていたら、塾や予備校に行かせてもらえて、もっと楽に勉強ができたかもしれない。そんなことを高校時代には思っていました。

話を芭蕉に戻しましょう。

敗残者の土地に生まれた芭蕉にも運が回ってきました。伊賀国上野の侍大将である藤堂新七郎良精《よしきよ》の嫡子である主計良忠《かずえよしただ》に仕えることになったのです。

その厨房役か料理人だったとも伝えられていますが、もしそれが本当ならば芭蕉は内心喜んでいたでしょう。殷（商）を建国した湯王の軍師である伊尹が料理人でした。

芭蕉は、自分も伊尹のように料理人から建国の軍師になれるかもしれない、そう思ったかもしれません。

芭蕉は軍師にはなれませんでしたが、仕えた良忠は芭蕉の2歳年上で気も合った。良忠は芭蕉を誘って京都にいた北村季吟《きぎん》という俳諧師に師事して俳諧の道に入ったのです。ここに後年の俳諧師、芭蕉への道のりができました。

しかし、せっかくつかんだ運も、たった4年後に主君、良忠の急逝で消えてしまいました。

そこから先、芭蕉にはさまざまな挫折があったようです。そして、**やがて立身出世はあきらめ、「士農工商という四民の枠の外で生きていこう」と決めます。**

四民という箱（方形）の外で生きることから「四民《しみん》の方外《ほうがい》」といいます。

あらゆる身分から自由になり、四民の方外で生きようと決めた芭蕉。当時としては大変だったようです。

そこで芭蕉が選んだのはプロの俳諧師としての生き方です。

まず、俳諧の師匠である北村季吟から連歌・俳諧の奥義書『埋木《うもれぎ》』の伝授を受けました。「これでお前もプロだ」という認可をもらったのです。

これを手にした芭蕉は江戸に向かい、俳諧の宗匠、俳諧師になりました。俳諧師といっても、その生活の糧のほとんどは、素人俳人たちの作を添削して、評点を付したりするということが中心です。いまでいうレッスンプロですね。

芭蕉は悶々《もんもん》としたでしょう。**せっかく四民の方外になったのに、人の機嫌ばかりを取るような生活をしている。**

そんなある日、芭蕉はきっぱりと職業俳人をやめるという選択をします。

それまで住んでいた日本橋を捨てて、深川に居を移したのです。いまの深川をイメージしてはいけません。当時としては、まだまだ未開発の地でした。

庭には、門人から贈られた芭蕉（日本バナナ）の木を植えました。「芭蕉」という名もこのころから使い始めました。

後年、芭蕉が目指した「乞食《こつじき》」の生活が開始されました。

「芭蕉、日本橋を捨てる！」のニュースは文壇に広まり、同じ俳諧師仲間や文化人たちからの糾弾もたくさんあったようです。いつの世にもうるさい人はいるものです。いまですと炎上になったり、いろいろな憶測で週刊誌に記事を書かれたり、そんな批判に芭蕉もさらされました。

しかし、もとより捨てた身です。そんなことはあまり気にならなかった。それよりも、自分自身がこの生き方こそが正しいとは言い切れないし、信じ切れない。**そこで彼は仮住まいすら捨てて「旅を栖《すみか》にする」生活に入るのです。**

旅に関しては次項で扱うことにしましょう。

⁘四民の方外のすすめ

何度も挫折した後に芭蕉が獲得した「四民の方外」という生き方。

実は、私はこの生き方に影響を受けました。しかもラッキーなことに現代の日本には固定した身分制度がありません。**「四民の方外」で生きる！　と決めると、人生、かなり楽になりました。**

私は最初、公務員でした。千葉県の県立高校の教諭として奉職したのです。人前で話をするのも大好きなので授業をするのは楽しい。そして、若い高校生と付き合うのは常にフレッシュな気分でいることができる。当時は、モンスターペアレンツもいなかったし、休みも案外自由に取ることができた。

教職は天職だと思っていました。

でも、なんだかからだの調子が悪いのです。気分も落ち込むときがある。

なぜ、こんなにつらいのか。自分のからだと心に聞いてみました。すると理由がわかりました。

毎日、同じ時間に同じ場所に行く。

これがイヤだったのです。病的にイヤだった。

思い出してみれば高校時代もあまり学校に行かずに遊んでいました。大学時代もそうです。ところが就職したら毎日同じ時間に家を出て、しかも同じ場所に行く。耐えられない。

そんなときに能に出会いました。

教員を続けながら稽古をしていただき、やがて舞台にも出るようになりました。

能はいいです。演劇や歌舞伎と違って連続公演というものがありません。昨日の舞台と今日の舞台とは会場も違うし、演目も違う。昨日と今日とで違う演目のセリフを覚えなければならないのは大変ですが、それでも同じ時間に同じ場所に行くよりはずっといい。

自分にぴったりです。

むろん、すぐに教員をやめる決心はつきませんでした。何年かは教員と能楽師の両方をしていました。しかし、そろそろそれも限界になり、教員をやめることにしました。

「公務員を続けていれば年金をもらえるのに」とか「公務員なら不景気になってもクビにならないのにもったいない」とか、いろいろいう人はいました。

「うるさい！　お前らに、この苦しさがわかってたまるか」

なんてことはいいませんでしたが、しかし結局は教員をやめて能楽師になりました。

しかし、自分の問題は「同じ時間に同じ場所に行くのがダメ」というだけではありませんでした。ひとつのことだけを続けるのがダメだったのです。

一度、教員をやめたという経験があれば、あとは何とかなります。能楽師をしながら、さまざまなことをすることにしました。

3DCGの本を書いて、友人が会社を作る手伝いもしました。その関係でゲームの攻略本を書いたり、ゲームのプロデュースに関わったりもしました。エイズの本も書きました。風水の本も書きました。ボディワークを勉強して、そのプロとして仕事をしたり、本を書いたりもしました。

近頃は『三流のすすめ』という本を書きました。「三流」というのは、いろいろなことをする人という意味です。ひとつのことをする人が「一流」、ふたつのことをする人は「二流」、そしていろいろなことをする人が「三流」です。

現代における「四民の方外」とは三流的生き方ではないかと思っています。

みなさんもぜひ、ご自分の中に隠れているいろいろな可能性を見つけて、それを躊躇せずにやってしまい、「四民の方外」ならぬ三流として生きるのはいかがでしょうか。

何だか不遇な松尾芭蕉
この社会に私の居場所はない…?
作っちゃおう!
何だ?
どーもー 俳諧師でーす

でも…
添削
スポンサー
プロモーション
サイン
俳諧師でいるのも楽じゃないの
はっ
俳諧師から脱出した役割を作っちゃえ！
旅に出るぞー！
何だかとっても気持ちが楽

現実から逃げ出したくなったら

……いま居る世界がすべてじゃないと知る

「こんな生活もうイヤだ」そう思った芭蕉は旅に出ました。

私たちは松尾芭蕉といえば旅の俳諧師だと思っていますし、『おくのほそ道』をはじめとする彼の紀行文は高校の教科書などにも載っています。前項で、芭蕉は深川の仮住まいを捨て、「旅を栖にする」生活に入ったというお話をしました。最初に書かれたのは『野ざらし紀行』という紀行文です。しかし、「旅を栖にする」生活に入っても、芭蕉はなかなか絶対安心の境地に入ることはできなかった。

芭蕉を変えたのは旅の方法でした。この絵（次頁）をご覧ください。

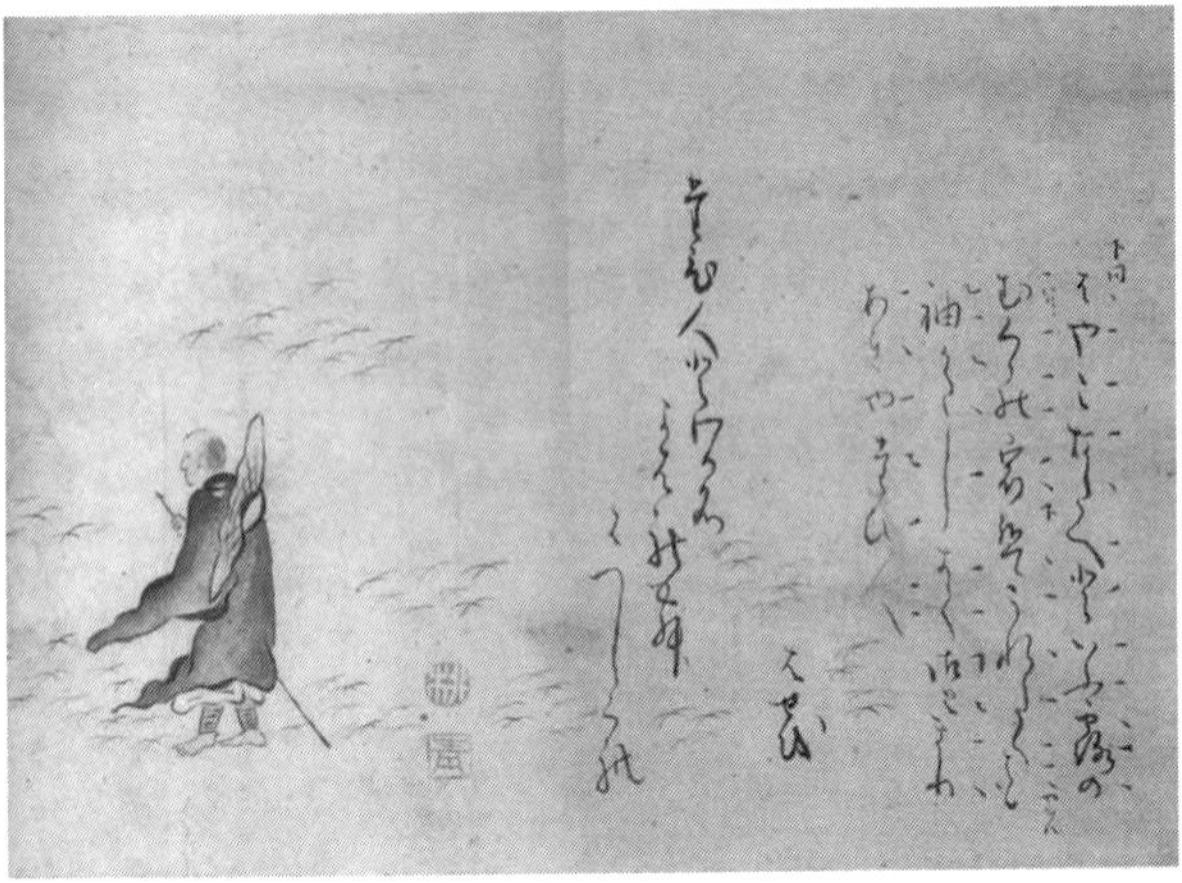

風にひるがえる墨染の衣を着た旅の僧が秋の野にひとりたたずんでいます。背中には笠を背負っている。

その右側には2文字の印鑑、そしてその右には3行の文。次に3文字の署名、そして右には4行の文が書かれています。

印鑑は「桃」と「青」、「桃青《とうせい》」は芭蕉の俳号です。桃は「李《すもも》」、そして青は「白」のもじりと考えれば、これが中国の詩人、李白《りはく》の名から取ったものであることがわかるでしょう。

そして、ふたつの文の間にあるのは「ばせを」というひらがな。これは「芭蕉《ばせを》」という署名であり、これを書いたのが芭蕉本人であることがわかります。そして、この秋の野に立つ僧形の男は、芭蕉自身です。この絵を描いたのは東藤《とうとう》という弟子です。

そして、真ん中の3行の文が芭蕉の句です。

たび人とわが名よばれむはつしぐれ

そう書いてあります。これは『笈《おい》の小文《こぶみ》』の旅立ちの句です。

「たび人とわが名よばれむ」、すなわち**これから自分は旅人と呼ばれるであろうという自負や決心**を詠っています。「旅の生活」に入る芭蕉にとっての一大決心の句です。

さて、この絵で注目したいのは、その句の右にしたためられた4行の書です。

はやこなたへといふ露の
むぐらの宿はうれたくとも
袖かたしきて御とまり
あれやたび人

この4行の文の横には点が振ってあります。これはゴマ点と呼ばれる、能の「謡」の節（メロディ）と拍子（リズム）の両方をあらわす記号です。これによって、この4行が「能の謡（歌）」であることがわかります。

そして知る人が読めば、この詞章が『梅枝《うめがえ》』という能の中の一節であることに気づきます。芭蕉とその一門の人々は、能に親しんでいたので、このように能の詞章を書いたのです。

この詞章の最後の言葉が「たび人」。そして、句の最初の言葉も「たび人」。**ということは、芭蕉のしたかった旅が、能『梅枝』に登場する旅人のするような旅であったことがわかります。**そして、荒野を行く旅のお坊さんは、能『梅枝』の世界の中に迷い込んでしまった松尾芭蕉その人のようです。

では、芭蕉があこがれた能『梅枝』の世界とはどのような世界なのか。能の物語を紹介しましょう。

能『梅枝』は、突然のむら雨《さめ》から始まります。廻国行脚《かいこくあんぎゃ》の身延山《みのぶさん》の僧たちが、津の国（大阪府・兵庫県）、住吉に行きかかったところに、突然降ってくるむら雨。

雨に降り籠められ、どうしようかと思い悩んでいた僧たちは、野中に一軒の家を見つけます。一夜の宿をお願いしようと家の戸をたたくと、中からひとりの女性が現れます。僧たちは女主人にひと晩、泊めてくれるようにお願いしますが、彼女は「このように軒も傾き雑草も生え、土間に筵《むしろ》を敷いただけの賤《いや》しい家、あまりにむさくるしいので」と断ります。

しかし、僧は修行をする身です。家がみすぼらしいなどということは気にしません。「せめて一夜の宿りを」と重ねていうと女性も折れ、それならばと、この絵にある「はやこなたへと」の謡になるのです。この謡の大意は「見苦しい家ですが、どうぞお泊まりください」です。

招き入れられたところは確かにそまつな家でした。しかし、そこには不似合いなものがふたつありました。ひとつは雅楽に使う立派な火焔太鼓《かえんだいこ》。金や朱色、黒の漆も美しい、美麗な太鼓です。もうひとつは美しい舞の衣裳です。

僧が不審に思っていると、先ほどの女性が「これは形見の太鼓と衣裳です」といい、その太鼓にまつわる古い伝説を語り始めました。

昔、この地方にはふたりの太鼓の演奏者（伶人《れいじん》）がいました。ひとりはここ、住吉に住む「富士」という伶人。もうひとりは天王寺に住む「浅間」です。

ある日、宮中で管弦の宴が催されることが決まりました。宮中で太鼓を打つ役を得ることができるのはひとりだけです。ふたりは都に上りましたが、宮中の役を得たのは、この地、住吉に住む「富士」の方でした。

ところが浅間はそれを恨みに思い、富士を殺害したのです。夫を殺された富士の妻は、その悲しみを太鼓を打って慰めていましたが、そのうちに亡くなってしまったのです。

「あなたは僧、どうぞ彼女の跡を弔ってください」

「あなたはその富士の妻のゆかりの人ですか」と僧は尋ねますが、彼女はそれを否定します。しかし**「何度もこの娑婆《しゃば》に戻ってきてしまう、この執心を助け給《たま》え」**といいながら、消え失せてしまうのです。

僧は、彼女こそ富士の妻の亡霊だったのだと思い、ひと晩中お経を読んで、彼女の霊を慰めています。すると、夫の形見の舞の衣裳を着た富士の妻の幽霊が現れて、夫を想うという『想夫恋《そうぶれん》』の楽の鼓を打ちつつ舞を舞うのです。僧が夢うつつの中に、その舞を見ているうちにいつしか夜も明け、気がつけば幽霊の姿は消えていた。

⁘死者と出会い、独自の世界を開く

これが『梅枝』という能のストーリーです。

芭蕉がしたかった旅は、このように、物語や昔語りの主人公である亡霊と出会うような能の旅でした。そして芭蕉が「たび人とわが名よばれむ」というときの「たび人」は、この『梅枝』に出てくる旅僧のような能の旅人でした。

能ではこのように突然雨が降ったり、あるいは突然日が暮れたりします。**それまで自分が信じていた強固な世界がふとしたことで崩れる。**するとそこに出現する「もうひとつの世界」、パラレル・ワールド。能は、この世のすぐ近くにある、もうひとつの世界に入り込み、そこで死者と出会うという芸能です。

そして芭蕉が出会いたかった死者とは、いにしえの歌人や連歌師です。

俳諧師という認可を人間から得ている限りはその人以上にはなれないし、いつまでもその社会のしがらみの中で生きていかなければならない。古人から直接、認可を受けることによってはじめて、芭蕉独自の世界を開くことができるのです。芭蕉のしたかった旅はそのような旅でした。

芭蕉の旅の代表作といえば『おくのほそ道』です。現代では有名なこの本ですが、実は芭蕉が生きているときには『おくのほそ道』は刊行されていませんでした。芭蕉が生きていたときにこれを読むことができたのは、芭蕉の門人たちだけです。

しかも、**読者も参加しながらの読み方**です。

『おくのほそ道』は、実際に芭蕉がした旅をベースに作り上げたフィクション、虚構の旅です。その虚構の旅を、芭蕉とともに、あるいは自分自身が芭蕉その人になり切ってイメージの世界を歩いて行きます。『おくのほそ道』は、芭蕉の提示する「幻の東北」という幻想世界に入っていくための手引書であり、その手引書とともにみんなで芭蕉になり切って『おくのほそ道』を旅するテーブルトーク・ロール・プレイング・ゲーム（TRPG）。芭蕉をゲーム・マスターにしたTRPGなのです。

芭蕉は自分がした旅を弟子たちにも体験させたいと思ったのでしょう。それによって世界はひとつではない、**この世界のすぐ横に、もうひとつの世界があるんだよ**、ということを示したかったと思うのです。

おくのほそ道

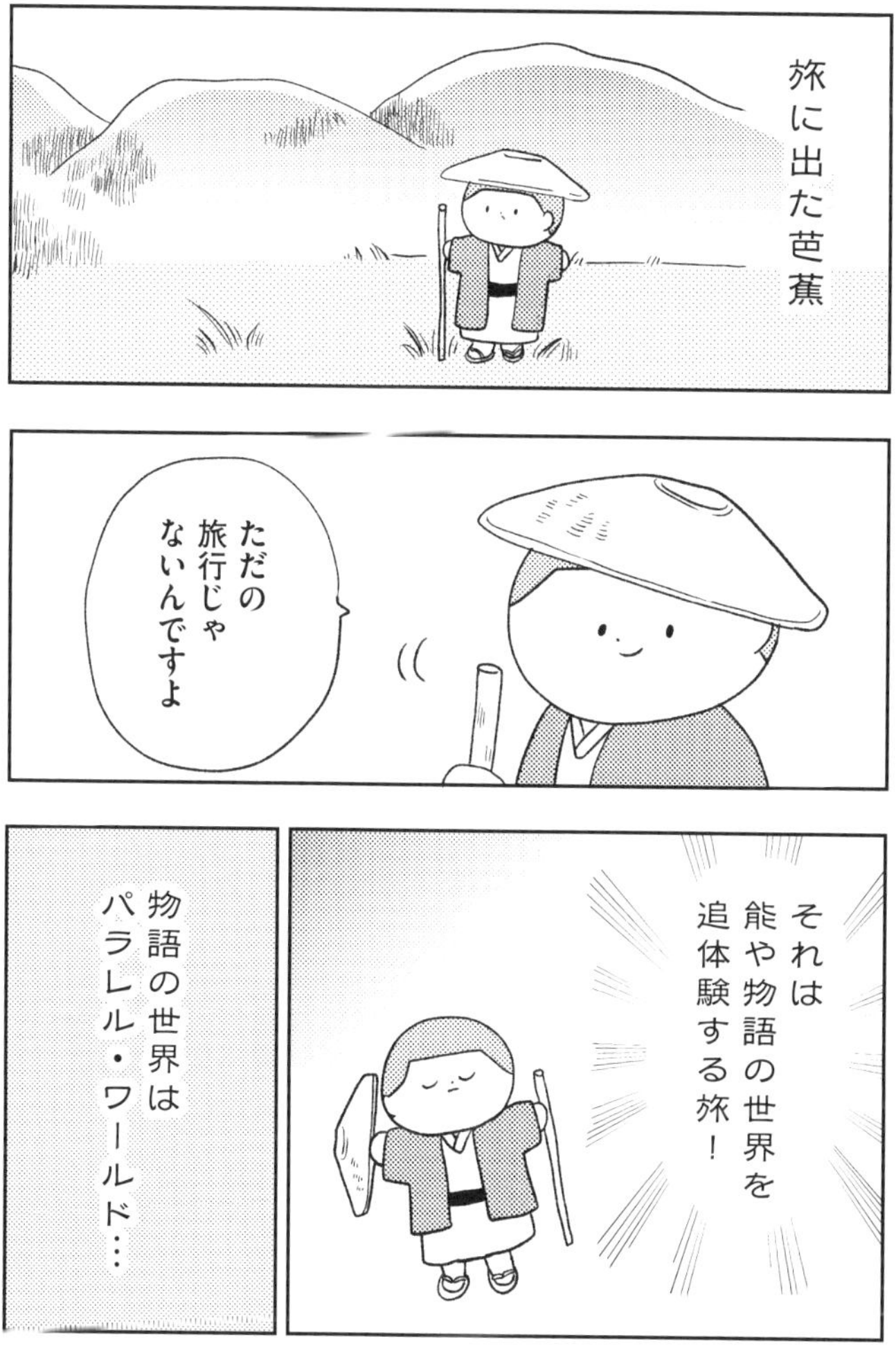
旅に出た芭蕉
ただの旅行じゃないんですよ
それは能や物語の世界を追体験する旅！
物語の世界はパラレル・ワールド…

旅の途中で出会う不思議な体験は
こりかたまった常識を壊してくれる!
そして刊行した旅行ガイド『おくのほそ道』
この本を見ながら芭蕉先生になりきって旅しよう!
何に出会えるかワクワクするね!

むしゃくしゃしてしょうがないときは

……おくのほそ道を歩いてみよう

芭蕉は自分の人生を変えるために旅に出ました。

いろいろなことがつらすぎて居たたまれなくなったとき、人は旅に出ます。「**散歩**」という言葉があるように、**鬱屈した気を散じるには歩くのが一番なのです。**歩く旅は、人生を変えることもあります。

私は引きこもりの人たちと一緒に芭蕉の『おくのほそ道』を歩いています。芭蕉庵のあった深川（東京）から歩き始めて、出羽三山（山形県）まで歩きました。歩きながら俳句を作ります。俳句には季語が必要です。自然を眺めながら歩くので、目に見える自然が季語になります。

ある参加者が「**自然を眺めながら俳句を作っているうちに自然と自分が一体化して、つらい気持ちの一端を自然が引き受けてくれるようになり楽になった**」といっていました。

40代の彼は20年以上、引きこもっていたのですが、雨の翌日、日光街道の松並木から射してくる日の光を浴びながら、このような句を作りました（本人の許諾をいただいてあります）。

「春の旅　我が人生に　光射し」

彼の人生はこの旅によって変わりました。

芭蕉も『おくのほそ道』の旅で大きく変わっていきます。『おくのほそ道』で芭蕉が迷い込んだ不思議な旅の話をしましょう。

⁘パラレル・ワールドに入っていく

江戸深川を出た芭蕉たちは、日光東照宮の参詣を終え、次に那須（栃木県）に向かいました。

那須には芭蕉の寄りたい名所がいくつもありました。その中でも芦野《あしの》にある「遊《ゆ》行柳《ぎょうやなぎ》」は、敬愛する西行の歌によって名づけられた名所中の名所です。

しかも、その柳の近く、那須の黒羽《くろばね》には知人もいます。心は急くのですが、目の前には荒涼たる「野」が広がります。当時の「野」とは、背丈ほどもある草が一面に生えていて、行くべき道も見えない、そんな場所です。

すると、ここに大きな道、「直道《すぐみち》」がありました。芭蕉はその道を行くことを決めます。

しかし本当はその道を行ってはいけない。

芭蕉が向かおうとするのは遊行柳です。この遊行柳を題材にした能『遊行柳』があります。その能で、**遊行柳に向かおうとする旅僧がいくつかの道の中から広い道、すなわち「直道」を行こうとすると、そこにひとりの老人が現れて旅僧を止めて、そのような楽な道ではなく古道を行きなさいと教えるのです。**

そして、その老人こそ柳の精霊であり、西行の詩魂であったのです。能の旅をしたい芭蕉、西行の後を慕う芭蕉、それならば「直道」ではなく、狭い道、あるいは古道を選択すべきですね。

しかし、芭蕉は「直道」を選んでしまいました。

パラレル・ワールドに行くには、知らずに踏んでしまうスイッチがあります。この「直道」がここでのスイッチでした。そんなスイッチを芭蕉は踏んでしまったのです。

直道の向こうには、知人の住む村が見えていました。「昼前には着けるだろう」と思いながら歩き出した芭蕉たち。

すると、突然、雨が降ってきました。それだけではありません。暮れるはずのない日も暮れてしまったのです。**怪しい。**

芭蕉は野中にあった農夫の家に一夜の宿を借りました。

翌朝です。芭蕉が野中を歩き始めると、そこに「野飼《のがひ》の馬」と、「草刈男《くさかるをのこ》」がいたのです。

「野飼の馬」といえば古来、和歌に詠まれてきた歌語、しかも恋の歌によく使われます。また、「草刈男」といえば能の登場人物。彼は束ねた花や草を持っているはずです。

芭蕉はいつの間にか、王朝的な和歌の世界に移行してしまっていました。

芭蕉は草刈男に近寄って「馬に乗せてほしい」とお願いします。すると、この草刈男が不思議なことをいいます。「この那須野は道が縦横に分かれていて、この土地にはじめて来た旅人はきっと迷うだろう」

え、昨日の時点では目的地である黒羽に続く、まっすぐな道があったのに、それが急に蜘蛛《くも》の巣のように四方八方に分かれた迷路のような道に変容してしまっている。

芭蕉たちは突然、ラビリンス（迷宮）に迷い込んでしまいました。

草刈男は「心配ですので、馬をお貸ししましょう。この馬の留まるところで、馬をお返しください」といいます。この馬は道案内をする馬だったのです。

能『遊行柳』で道案内をしてくれた老人は、自分を「老馬」にたとえ、「道に迷ったら老馬に従え」と中国の古典『韓非子《かんぴし》』を引きます。そうであるならば、この馬は能『遊行柳』の老人の化身かもしれない。そして、能では、その老人が実は遊行柳の精、あるいは西行の霊でもあるので、この草刈男は西行の霊の化身なのかもしれない。そんな想像もできます。

芭蕉はその馬に乗って那須の黒羽に向かいます。すると、小さき者がふたり、馬の後を慕って走っています。これも不思議な風景です。突然、現れたニュー・キャラ。ひとりは小さい女の子で、名を聞くと「かさね」と答えます。

「え、かさね」

かさねといえば十二単衣などの王朝風の装束の色彩の組み合わせをいう。芭蕉は「聞きなれぬ名で優雅である」と書きます。こんな田舎にいるはずがない。**「かさね」という名は、平安時代の京都の子どもを彷彿《ほうふつ》させる名**、そんな子が自分の乗る馬を追って走っている。

ここで同行の曾良が一句詠む……と本文では書いていますが、どうもこれは芭蕉自身が詠んだ句のようです。

かさねとは　八重撫子《やえなでしこ》の　名成《なる》べし　曾良

芭蕉は「かさね」から「八重撫子」という花をイメージする。しかし、この花は現実の花ではなく、幻想の花、幻華です。かさね色目のように八重に花びらの重なる撫子。「八重」という語から、この土地に重層的に記憶される、西行をはじめとするさまざまな歌人の思い出もイメージされる。そして、「撫子」は花の名であるとともに、古来かわいい子どもの象徴でもあります。

馬の後を追ってくる、そんな不思議な女の子を見て、芭蕉はあの草刈男を思い出しました。「この子は先ほどの草刈男の持つ花の精なのかもしれない」。芭蕉は馬にゆられながらそんなことも思っていたかもしれません。

さて、そのうちに人里に着いて、ふとわれにかえった芭蕉は、馬の借り賃を鞍つぼに結びつけて馬を帰すのです。

⁘「歩く旅」の効能

この道を、引きこもりの人たちと歩きました。いくつかのグループに分かれて歩きます。

那須周辺には「馬」に関連する石碑が多かったり、あるいは不思議な文字で書かれた石碑もあったりして、それだけでも異界に迷い込んだような気持ちになります。そんな石碑を読みながら途中までは順調に歩いていました。が、突然、道に迷ってしまいました。

事前に車で下見をしたときには大丈夫だったのに。「どっちに行ったらいいのだろう」

そう思いながら、林道の辻《つじ》で地図を見ていると、林道の中をトラクターに乗ったおじさんがやってきました。ゆっくりこちらにやってくるおじさんは、トラクターの上から唐突に話しかけてきたのです。「この村は不思議な村なんだよ。ここには600年前の墓があるんだ」

そういいながら、道を教えてくれ、そのまままた林の中に姿を消してしまいました。600年前といえば能ができたころです。世阿弥の時代の那須に紛れ込んでしまったような錯覚に陥りました。

このような旅は「歩く」旅だからこそ可能です。**目的地にまっすぐ向かう「旅行」では、不思議なことは起こりにくい。**

そこで、歩く旅をお勧めしたいと思います。

歩く旅で大事なことはまずは速度です。都会の人の歩行は、だいたい時速6キロメートルです。ここでは、**時速一里（約4キロメートル）**。ゆったりと歩きます。旅をしながら俳句や短歌を作るのもいいでしょう。自然と一体化することができます。

あとは**深層筋である大腰筋を使い、すり足を使って歩くと楽に歩けます。**20年以上、引きこもりしていた方も、この方法を覚え、一日8キロ、1週間から10日のウォーキングをしました。

〈足ブラ〉

まずは大腰筋活性化の方法、足ブラを紹介します。

低めの台を用意します。台に乗って壁や柱などに手をおいて体を支え、片足をブラブラ振ります。そのときに大腰筋が伸びているのをイメージするといいでしょう。数分間やったら歩いてみてください。片方の足だけが伸びて、ちょっと変な感じがするはずです。反対側の足も同じようにブラブラします。

これを繰り返すと大腰筋が活性化されます。大腰筋の活性化は脚力の強化だけではなく、歩く姿も美しくします。鼻緒のある履物はさらに効果的。

〈すり足〉

ネイティブ・アメリカンのデニス・バンクス氏らとアメリカ大陸を縦断する旅をしたときに、彼は「私たちが山を歩くときにはウォークではなくスライドという」といっていました。スライドとはすり足と同じような歩き方です。

すり足は大腰筋を使う歩行法です。すり足の基本は「できるだけ地面にかかとを付けたまま歩く」。それだけです。草履《ぞうり》や雪駄《せった》をはくと自然にすり足になります。

練習の最初は足ブラから。ブラブラの支点はお腹の中です。まず片足をブラブラ振ってみましょう。次にブラブラさせた足を、かかとを付けたままぶらんとしてみます。と、足が一歩前に出るでしょう。これがすり足の一歩。次にそちらの足に体重を乗せて反対側も同じようにします。これを繰り返すとすり足になります。

慣れたら、まずは軽い上り坂ですり足歩行をしてみてください。まったく疲れずに歩くことができ、驚くと思います。

パラレル・ワールドへ

江戸深川を出発した芭蕉たち
♪
那須行こ！ 那須には寄りたいとこいっぱいあるんだ
名所「遊行柳」に行きたいのに…
一面の野原だ…
あれ こんなところに大きな道
急ぐからここ通ろうか
実はこれが間違い

「遊行柳」を
題材にした能では
老人が
大きい
道は
だめ
古くて
狭い道を
行きなさい
と、止めるのに
道を誤った
芭蕉は
パラレル
ワールドへ！
何だか
色々起きて
不思議だったよ
旅の醍醐味
ですねぇ
弟子・曾良

自分のことが好きになれないなら

……いろいろな自分を見つけよう

芭蕉は、古人の霊と出会い、新しい自分を作るために『おくのほそ道』の旅に出ました。

最初にすることは過去の自分との決別です。

『古事記』のスサノオ命も、『伊勢物語』の在原業平も、『源氏物語』の光源氏も旅によって古い自分と決別をしました。

深川にあった芭蕉の庵から出発した『おくのほそ道』の最初の目的地は日光でした。

そして、この日光こそ、芭蕉が過去の自分と決別するための土地でした。

私は日光までのルートを「死出の旅」と名付けました。この「死出の旅」は深川（東京）から日光（栃木）まで。行程はおよそ140キロ、4日間の旅です。

旅の前夜、門人たちは芭蕉庵に集まり、夜を徹して連句を巻き、飲んで食べて送別の宴をしました。そして、明け方、みなで船に乗り込み、千住《せんじゅ》へ向かいます。

と、実はこれが少し変です。日光に行くなら、日本橋から日光街道というものがちゃんと整備されています。そちらを歩いた方が「日光に向かうぞ」という気持ちにはなれる。それに、深川から千住まではたった1里半。船に乗るほどの距離ではありません。

それなのになぜ船に乗ったのか。それは芭蕉が船を下りた「千住」に秘密があります。そして、芭蕉たちの最初の目的地である「日光」。このふたつには共通点があるのです。

それは観世音菩薩＝観音様です。「千住」はかつて「千手」と書かれていました。千住川の中から千手観音像が網で拾われたことにより「千手」と名付けられました。千住は観音様の名前なのです。

もうひとつの「日光」は、本当の名前が「二荒山《ふたらさん》」。それを空海大師が「日光」と改めた、と芭蕉は書いています。二荒山の「ふたら」とは「ふだらく（補陀落）」のこと。サンスクリット語のポータラカの音訳であり、観音様の住まい、あるいは来臨される聖山をいいます。日光も「補陀落」すなわち観音浄土なのです。

「千住」も千手観音、そして「日光」も観音浄土。**となると千住から日光に向かう芭蕉は、観音様の道を歩くということになるのですが、そこに「船」で向かうということが、いよいよ怪しい。**

だいたいが「川」そのものが異界への境界であり、通路です。船に乗って、川という異界への通路を通り、観音の道を芭蕉は進みます。

∵死の行法を疑似体験する

「補陀落（観音浄土）」と「船」といえば「補陀落渡海《とかい》」を思い出す人も多いでしょう。

補陀落渡海は、**南の海の果てにあるという観音浄土を船で目指す行**ですが、行者であるお坊さんの体には１０８の石が巻きつけられ、入った箱も外から封印されます。

また、この船は帆も艪櫂《ろかい》もない自力での航行は不可能な船です。ほかの船がこの船を曳航《えいこう》し、沖に出たら綱を切って漂流させる。あとはただ、流れ漂うままに補陀落を目指すという、まるで太平洋戦争時の特攻隊のような**片道切符の死の行法**です。

芭蕉は、この死の行法である「補陀落渡海」を象徴的に行ったのではないでしょうか。だからこそ観音の霊地である千住へは船で向かった。そして、やはり観音の浄土である日光に行く。

芭蕉に必要だったのは「**死**」だったのです。

芭蕉たちは日光に着きます。するとそこに登場したのは仏五左衛門《ほとけござえもん》。

自分の名前に仏とは、何ともふざけた男です。名前の由来は「すべてにおいて正直をむねとするので、人が私のことを仏と呼ぶのです」と本人がいいます。

当時の人にとっての「正直」というのは現代のそれとはちょっと違います。**江戸時代の人々にとっての正直は、神道の教えに基づく徳目のひとつで、雨風や大波すらも鎮めることができる超自然的な力を発揮するパワフルな倫理力**でした。

しかも、芭蕉が向かおうとしている日光は徳川家康のご廟所、すなわちお墓、これも「死」。そして、家康がもっとも大切にしたのも「正直」だったのです。

仏五左衛門のところに1泊した芭蕉たちは、4月1日、いよいよ日光を参詣します。

むかしこのお山は「二荒山」と書かれていたのを、空海大師が開基の時、日光と改め給うた。千年先の未来を悟り給えるか。いま、この「御光《みひかり》」は一天に輝きて、その恩沢は天下に溢《あふ》れ、四民（士農工商）安堵《あんど》の住まいも穏かなり。さらに書こうとするが、憚《はばか》り多くて筆をさし置く。

あらたふと　青葉若葉の　日の光

ここで、この山の名前が「二荒山」、すなわち観音の霊地であることが書かれます。そして、この中にある「御光」という言葉、これがもうひとつのキーワードになります。「日光」という名が表すように、日光の神霊が、その名の通り「御光」となって現れたのです。

前々項で芭蕉やその一門の人たちが能に詳しいという話をしましたが、「御光」となって登場した神霊を賛美するこの文章を読んだ芭蕉の一門の人たちは、能『養老』を思い出したはずです。

能『養老』のシテ（主人公）は山の神でもあり、楊柳《ようりゅう》観音菩薩でもあります。「御光」の神は日光山という山の神。そして、ここは観音様の浄土。芭蕉や、その一門の頭の中には能『養老』の謡が響き、この文章を読んだと思うのです。そして能ならば、仏五左衛門こそが家康の化身。芭蕉は、ここ日光で、「観音様」と「山の神」と「東照大権現（家康）の霊」に出会ったのです。

日光の神霊と出会ったことによって、深川から始まった能の旅は一応の完結を見ました。

ここで芭蕉は同行の曾良を紹介します。「曾良の姓は河合氏、名前は惣《そう》五《ご》郎《ろう》と云う」と、曾良の出自をまず紹介し、そして旅立ちの暁に、髪を剃《そ》り捨てて、墨染の僧形に姿を変え、名前も惣五を改めて「宗悟」としたと書きます。**当時、出家といえば、あらゆる俗世や地位・名誉を捨てること、すなわち「死」をも意味しました。**

俗世にいたときの自分を捨て、新たな人格、能のワキのような生と死の境界に生きる人として生きるために、同行の曾良も一度死の体験をする必要があったのです。

曾良は句を詠みます。

剃捨て《そりすて》　黒髪山《くろかみやま》に　衣更《ころもがへ》　曾良

僧形になるために剃り捨てた黒髪。いま見る歌枕の黒髪山にぴったりです。そして旅の衣も、今回からは黒髪山という名がもつ黒い墨衣（僧衣）に衣替えをした。黒髪山の「黒髪」が、「髪を剃る」と「黒い衣」の両方の掛詞になるという、まるで和歌のような句です。さらに「衣更」は4月1日に行う習わしがあったので、これも日光に参詣した日に重なり、さらに季語ともなる。うまい！

死の体験をしたのは曾良だけではありません。芭蕉は滝の中で死の体験をしました。日光山に参詣した翌日、4月2日、芭蕉たちはさらに20余丁（200メートルあまり）山を登ります。

するとそこに滝がありました。名は「うらみの滝」。「うらみ」は、裏から見ることができるから「裏見」と名付けられましたが、「恨み」という語も連想されます。

暫時《しばらく》は　滝に籠《こも》るや　夏《げ》の初《はじめ》

この滝の裏には狭い岩窟があり、そこに芭蕉は座る。目前には激しく落ちる水流や玉と散る飛瀑《ひばく》、そして耳を聾《ろう》する轟々《ごうごう》と鳴る滝の音。

私もそのような場所に座ったことがあります。滝の流れのあまりの激しさに、目は滝を見なくなり、音のあまりの大きさに耳は音を聞くことを拒否し始める。体の感覚もなくなる。一種の感覚遮断状態が起きます。

やがて激しい死の欲求にかられる瞬間がやってくる。このまま滝の流れに身を投げ出したいという激しい欲求が起こる。「ここで立ち上がれば、このまま滝壺《たきつぼ》に落ちることができる」という死への甘美な誘惑が、座っている自分を誘う。

が、そこで足を崩さず、そのまま1時間も座っていると、心はいよいよ澄んできて、いいようのない幸福感が押し寄せてきます。これこそ芭蕉が体験した「死の体験」であり、そしてそれを通り越したあとの「新たな生」の予感であったでしょう。

岩窟はある瞬間には棺《ひつぎ》となり、ある瞬間には母の胎内となる。母は「生む」ものであると同時に「晦《くらやみ》」でもある。暗黒の母の胎内に一度取り込まれ、轟然《ごうぜん》と鳴る母の血流と心臓の音を聞く。それが「滝に籠る」ということであり、芭蕉の死の体験でした。

私たちが「わたし」と思っているものは本当に「わたし」でしょうか。

「こんな自分、イヤだ」、「自分もあんな人だったらよかったのに」、「もっと違う自分になりたい」、そう思うことがあります。

「**本当の自分なんてない**」、そういうのはサイコシンセシスという心理療法を開発したロベルト・アサジョーリです。

たとえば親の前にいるときの自分、友だちの前にいるときの自分、恋人の前にいるときの自分、上司の前にいるときの自分、そしてひとりきりでいるときの自分。ひとりきりの自分だって元気なときの自分、落ち込んでいるときの自分などたくさんいます。

アサジョーリは、これらはすべて自分の中のさまざまなパーソナリティであるといい、それを「**サブ・パーソナリティ**」と呼びます。

人はさまざまな自分がいるのがあたりまえ。そして、その時々にどの自分を出したらいいかを教えてくれる指揮者がいるだけです。

そして、このサブ・パーソナリティは、どんどん増やしていくことができます。

たとえばあなたがあこがれている人。その人も実はあなたのサブ・パーソナリティのひとりです。あこがれているということは、その人の性質の一部があなたの中にあるのです。

「こんな自分はイヤだ」、そう思ったら、芭蕉のように旅に出て、一度、その自分を捨てるのはいかがでしょうか。そして、新たなサブ・パーソナリティを獲得する。

最初の頃は周囲の人は「どうしたの」というかもしれません。しかし、時間が経てば、それが新しいあなたとして定着します。

サブ・パーソナリティ

仕事で悩む
マジメな自分
恋人の前で
甘えん坊な自分
実は落ち込みやすい
繊細な自分
どれが本当の
自分
なんだろう？

本当の自分なんてないよ
誰!?
君の中のお調子者の自分でーす
イェ〜ィ
自分はひとつじゃない
どんどんいろんな自分を増やそうよ!
イヤな自分は一度捨てたりしてね
…おまえちょっとイヤだわ
マジ?

第6章

論語

中国の古典。
孔子とその門人の言行を記録した書物。
孔子の死後、弟子たちによってまとめられた。

『論語』は弱い人が生きていくための教科書

『論語』は紀元前500年ほどに活躍した孔子とその門人の言葉や行動を記録した書物です。

いまでは聖人ともいわれる孔子ですが、生まれも育ちも不遇でした。両親の結婚は「野合」といわれています。野合がどういう意味なのかは諸説ありますが、少なくとも祝福された結婚ではなかったでしょう。そんな両親の結婚から生まれた孔子の出生も祝福されたものではなかったはず。

孔子は「自分は若い頃は卑賤だった」と述懐しています。貧しい家で、しかも差別されて成長しました。そして、父は孔子が3歳のときに亡くなり、母も17歳のときには亡くなりました。父亡きあと、母が一家の経済を支えていたので、孔子一家の経済的基盤が17歳のときに崩壊したのです。姉や兄はいましたが、あてにはなりませんでした。

しかし、孔子は「なんで自分はこんなに不遇なんだ」とやけにならずに、食べるため、生きていくために何でもしました。そのため、孔子は何でもできる「多能」の人になりました。

そんな孔子ですが、大抜擢《だいばってき》されて中国中の注目を浴びたこともありました。そして生地《せいち》である魯の国の最高裁判官である大司寇《だいしこう》になるほど出世をしました。しかし、やがて官を辞し、諸国流浪の生活をし、その流浪生活の中で、孔子流の「礼」を完成させていきます。この「礼」が孔子の学団で学ぶべき教科の中心となります。

「礼」に関しては第一項でお話ししますが、ひとことでいえば「人を動かす方法」です。孔子は訪れた国々で「礼」に優れた人に会い、その方法を学び、それを自分のものにしました。

この旅の途中、孔子は何度も窮地に陥りますが、持ち前の運と弟子たちに助けられ、晩年は魯の国に帰り、弟子たちを育成し、74歳で没しています。

そんな孔子たちの言行録である『論語』ですから、本来は差別された人、社会的に弱い人が生きていくにはどうしたらいいかが書かれたもののはずです。しかし、いまは『論語』というと偉そうなことが書いてある「お説教の本」だと思われています。

これは漢の時代に国家の学問となったために、国を治めやすくするための解釈で読まれるようになったからです。『論語』の文体は、とても簡潔に書かれているので、さまざまな解釈が可能なのです。

本書では、孔子の時代のものとして読み直すために、孔子の時代(以前)の文字を参照しながら読むという方法を取りました。孔子たちが活躍したのは2500年ほど前ですが、いま私たちが読んでいる『論語』はそれから500年ほど経って文字化されたものです。その中には孔子の時代にはなかった文字や字形の違っていた文字もたくさんあります。たとえば「不惑」の「惑」や、過ちを「改める」の「改」などです。

それらの本来の字形はどのようなものであったのか、それを知ることで『論語』の読みも変わってくるのです。

コミュニケーションで損をしがちなら

……「礼」を大切にする

孔子は「自分は若いときは賤しかった」と書いています。

出生も恵まれたものではありませんでした。おそらくは貧しい少年期を送り、差別もされていた。孔子はその中でなんとかしようとさまざまな工夫をしました。

そこで彼が目をつけたのが「礼」でした。

「礼」というのはひとことでいえば、人間関係をうまくいかせるための魔法のツールです。それを学ぶことを彼は15歳から始め、30歳で修得します。

孔子の「学び」は身体的な学びです。当時の「学」は、このように書かれます。

この字は、子どもたちに手取り足取り何かを教えている形です。

いまの勉強は机に向かってするイメージがありますが、当時の「学」は身体で学ぶ学習でした。孔子は自分の身体を使って「礼」を学んだのです。

「礼」そのものもいまの礼儀作法の礼とはちょっと違います。旧字体では「礼」は「禮」と書きますが、古い字形では右側の「豊」だけでした。

この字は、「豆《とう》（脚のついた高杯《たかつき》）」の上に穀物や草などのお供え物を盛った形です。

また「禮」の左の「示」偏は甲骨文字では次のように書きます。

台の上に置かれた生贄《いけにえ》から血がたらたらとしたたっている形です。

「礼（禮）」という字は、もともとはお供え物や生贄を神様に捧げて、神霊や祖霊とコミュニケーションをするという意味でした。「礼」とは魔術的なコミュニケーションツールだったのです。

神霊や祖霊とも交信ができる魔術的なコミュニケーションツールならば、**人間に応用すれば他者とのコミュニケーションも、もっと簡単に、そして効果的にできるのではないか**と作り出されたのが、いまの礼のもとの形です。

礼って、よく考えてみればすごいでしょ。

たとえば、いまあなたが仕事をしているとします。そのときにある資料が必要になった。でも、その資料は隣の部屋にある。そこに手があいてそうな人がいる。彼に「その資料、持ってきてくれる?」というと、隣の部屋まで行って資料を持ってきてくれる。

この**「その資料、持ってきてくれる?」**というのが「礼」です。

自分が使ったのは「声を発する」という非常に微小なエネルギー。しかし、その人は隣の部屋に行き、資料を探し、さらには運んできてくれるという、自分に比べればはるかに膨大なエネルギーを使って、資料という物体をここまで運んでくれたのです。

「そんなのあたりまえだよ」と私たちは思ってしまいます。しかし、これこそ礼の魔術力です。そんなことができる犬もいないし、猫もいない。人間でも誰でもができるというわけではない。

これが、「おい、持ってこい!」だったら、その人はムカッとして「冗談じゃない。自分で持ってこい」となってしまう。「いま手が離せないから持ってきて」とか、「ヒマでしょ」なんていおうものなら、もう二度ということを聞いてくれないかもしれない。

これを適切に使うというのは案外難しく、それを修得するのが「礼の修得」なのです。おそらく30歳くらいの孔子はその名人で、「**孔さんに頼まれたらなぜか気持ちよくやっちゃうんだよね**」という人が多かったのではないでしょうか。

∴ブラック・ボックスとしての礼

「礼」は他人を動かすだけではありません。自分自身や集団、さらには動物や物体にも応用される、とても強力なツールです。

自分と礼について『論語』にはこんな文章があります。

直《ちょく》にして礼なければ則ち絞《こう》す（直而無礼則絞）

「直」なんだけれども礼がないと、その人は「絞」の人になってしまう、という意味です。

ここには「直」と「絞」というふたつのキーワードがあります。

人の欠点や短所をズケズケいう人がいます。「その言い方、キツイんじゃないの」

というと、「正直にいって何が悪いの」といって開き直る。いきおい人からは敬遠されるようになります。性格がキツイ人です。

そういう人が、この文に書かれる「絞」の人です。絞殺の絞、人の首を絞めるような言動をする人です。

孔子は、そのような人は、本来は「直（正直・実直）」な人だといいます。孔子の時代の「正直」は、ウソいつわりがない人、かげひなたのない人をいいます。**その人は、ウソやごまかしのない人なのですが、ただ、その人に礼がないためにキツイ人と呼ばれ、嫌われてしまうのです。**

そして、その人が「礼」を身につけると「直」な人と呼ばれるように変わるというのです。

人にはそれぞれ持って生まれた性格があります。そして、それには本来「いい・悪い」はありません。

ただ、それが自分や他人を苦しめるようなネガティブな形で外に出るか、あるいは自分や他人を楽にするポジティブな形で出るかの違いだけで、それを決めるのが「礼」だというのです。

『論語』の中では「礼」によって変わる性格を、あと3つあげています。

子曰、恭而無礼則労、慎而無礼則葸、勇而無礼則乱、直而無礼則絞、君子篤於親、則民興於仁、故旧不遺、則民不偸、

「心労になりやすい（労）」人は、礼を身につければ「恭」の人と呼ばれる
「考えすぎ（葸《し》）」の人は、礼を身につければ「慎」の人と呼ばれる
「乱暴（乱）」な人は、礼を身につければ「勇」の人と呼ばれる
「キツイ（絞）」人は、礼を身につければ「直」の人と呼ばれる

ほかの3つも見てみましょう。

いつも心が晴れない人がいます。心労性質、「労（心労になりやすい）」の人です。その人は、人の気持ちに敏感な人です。そういう人が礼を身につければ「恭」の人だといわれるようになれます。ちなみに「恭」の人というのは、人にもやさしく、しかし自分もゆったりしている、そんな人です。

また、考えすぎて行動を起こすことができない人がいます。

だからといって、しなければしないで心配になる、そんな人を『論語』では「葸」の人、考えすぎな人といいます。

この人は、心配りができる人です。そういう人が礼を身につけると「慎」の人になれます。「慎」の左側を「金」に替えると「鎮」になるように、「慎」とは、ただ慎重なだけではなく、どっしりした威厳もある人です。

手がつけられないような乱暴者、「乱」の人は、礼を身につけると「勇」の人になります。「勇」は「庸《つね》」でもあります。ただ勇気のある人ではなく、どんな逆境にもめげない、常なる心を持つ人です。

さまざまなネガティブな性格も「礼」という容器を通すことによってポジティブな性格に変わる。

このように何か（ネガティブな性格）を入力すると「いい感じ」のもの（ポジティブな性格）に変えられて出てくる「魔法のブラック・ボックス」、それが礼なのです。

∴礼の実践学習

「礼」とは、ひとつには他者とのコミュニケーションの方法であり、もうひとつには自分自身を変えるための方法でした。

ちなみに、これを動物に応用したのが「御」、御者の御で、馬の扱い方を学びます。それから物体に関しては「射」、弓ですね。手から離れた矢が自分の思ったところに到達する。これも「礼」の一種です。

また、個人としての他者だけでなく、集団としての他者の動かし方も学ぶ。そのためには組織の作り方を学び、プレゼンテーションの方法も学ぶ。

そのようなことを包括的に、そして身体で学ぶのが礼の学びです。

孔子は15歳から15年かけて学び、ある程度使えるようになったのが30歳のときだというのです。

江戸時代の寺子屋の教科書を見ると、文章は手紙を書いて学びました。それも借金の仕方など、とても具体的。また、**道で偉い人に会ったときの挨拶の仕方や、他人の家でご飯のおかわりをする方法**までも書かれています。「礼」の実践学習です。

現代でも学校でこういうことを教えてくれるといいのですが、いまはまったくありませんね。

それならば独学です。独学は一番難しいのですが、実は孔子自身は独学が中心でした。諸国を訪れ、礼に優れている人に会っては尋ね、それを自分のものにしていきました。

みなさんの近くにも、人にものを頼むのがうまい「礼」の名人がいるはずです。その人から学びながら、ぜひ「礼」を身につけてください。

礼のチカラ

お茶をもらえますか
はーい
お菓子もどうぞ
ありがとうございます
人間関係は礼儀あってのもの
もぐもぐ
私も30歳でやっと「礼」を身につけました
俺にもお菓子よこせ！
むっ
今からでも「礼」を勉強してね

自己啓発本を読んでもうまくいかないなら

……自分だけの方法を見つける

実は私は自己啓発本が苦手です。

苦手な理由は「べき（should）」が多いからです。「ポジティブであるべきだ」とか、「人前ではにこやかであるべきだ」とか、「心は美しくあるべきだ」とか、そういうのがちょっと苦手なのです。それができないお前はダメな奴だといわれているように感じてしまいます。

⁘ 切磋琢磨のほんとうの意味

『論語』も自己啓発本のコーナーに置かれていることがあります。

読みようによっては確かに自己啓発っぽいところもあります。たとえば「切磋《せっさ》琢磨《たくま》」。成果を挙げるには、仲間同士で励まし合って競うことが大事だなんて、確かに自己啓発っぽい。

だいたいいつもやる気があるわけじゃない。マイペースでやっていると、「もっと切磋琢磨して、みんなで励まし合って上に向かっていこうよ」なんていわれ、そうするとよけいにやる気をなくしてしまうのです。

しかし、この切磋琢磨、もともとはそんな意味ではありません。では、本当はどんな意味か。

『論語』の本文に沿って読んでいきましょう。

子貢《しこう》という弟子が、ある日、孔子に尋ねます。

「貧しくても人に対して媚《こ》びへつらうことなく、また富んでいても驕慢《きょうまん》になることがないというのはどうでしょうか」と。

人は貧しくなると、どうしてもお金持ちや偉い人に対して媚びへつらいがちになります。それが上司や仕事をくれる人など、利害関係者だったりすればなおさらです。あとでひとりになると恥ずかしくなったりもします。**自分が貧しくなっても、そのような「媚びへつらい」はしない**と子貢はいいます。

もうひとつは**お金持ちになっても驕《おご》りたかぶったりしない**。「驕り」は『平家物語』の章でもお話ししました。

この漢字は高い建物の上から下を見ている形ですから、お金持ちになるとタワーマンションに住みたくなるようなものです。上から目線です。それもしない。子貢はそういいます。すばらしいですね。

それに対して孔子はこう答えます。

まあ、いいだろう。しかし、貧しくても道を楽しみ、富んでいても礼を好む者には及ばないな。

「まあ、いいだろう」と訳したところの原文は「可なり」です。悪くない、とまずは子貢のいったことを認めます。しかし「貧しいときには道を楽しみ、富んだら礼を好む者には及ばないな」というのです。

いかがでしょうか。このふたりの違い。子貢と孔子を比べてみましょう。

子貢：貧しくても諂《へつら》うことなく、富んでいても驕慢になることがない。

孔子：貧しいときには道を楽しみ、富んだら礼を好む。

子貢の方は、ともに「〜しない（原文では「無」）」という否定形を使っています。

それに対して、孔子は「楽しむ」・「好む」というわくわくするような言葉を使う。

禁止ではなく快感に従えというのが孔子です。

実は、子貢がこういったのには理由があります。それを知るために孔子たちのグループと、そして子貢について少しお話ししておきましょう。

孔子の弟子は3000人いたといわれ、その中でも優れた弟子が70人、さらに選び抜かれた弟子が10人いました。この10人は孔門十哲《じってつ》と呼ばれています。子貢もそのひとりです。

この10人に序列はありませんが、ただひとりの例外が顔回、あるいは顔淵《がんえん》と呼ばれる弟子です。孔子ですら「自分も彼には及ばない」といったほどの弟子です。

その顔回の生活は「食事といえば竹のわりご（弁当箱）一杯のご飯と瓢簞《ひょうたん》一杯の水だけ。そしてせまい路地暮らし」といわれるほどの極貧生活。孔子も顔回のような生活をよしとし、自身も「粗末な飯を食べて水を飲み、腕を枕にする。楽しみはそこにもあるものだ」といっています。

孔子一門は「清貧」を大切にするグループでした。ところが子貢は、この一門の中でちょっと異色の存在でした。

『史記』の中に、優れた商人を集めた「貨殖列伝」があります。そこに子貢は名を連ねているのです。また子貢は政治家としても活躍し、魯や斉《せい》の国の宰相（いまでいう総理大臣）を歴任したとも伝えられています。

ビジネスでも財を成し、政界でも成功し、さらに孔門十哲のひとりにも数えられた才人、それが子貢でした。

いまだったら皆からうらやましがられるような子貢ですが、清貧をよしとする孔子一門の中ではそれは異端です。

子貢には成功者としての後ろめたさがあったし、劣等感もあったでしょう。いつも針の筵《むしろ》に座らされているような気持ちだったかもしれません。

子貢は「自分は、ほかの金持ちとは違う」といいたかった。確かに金持ちだ。が、決して驕慢の心など持っていない、そう主張したかった。だからこそ、「富んでいても驕慢になることがない」といいました。

孔子は、そういう子貢を理解していました。だから、最初は「まあ、いいだろう」と子貢の言葉を受けいれたのです。

しかし、同時にその危険性も感じていた。

自分の性格や習性を直そうとするときに、禁止でそれを行おうとすると無理が生じます。そして、結局は挫折することになる。

だからこそ孔子は「無理をするな。それよりも楽しみを見つけよ。快感を見つけるのだよ」といったのです。孔子の基本は快楽原則です。

⁘素材に合った方法で磨く

さて、それを聞いた子貢がいいます。

「ああ、それこそ『詩経』の中にある切磋琢磨ですね」と。

それを聞いた孔子が「おお、やっとお前と『詩経』についてともに語ることができるな。お前は《往を告げて来を知るものだ》」と。

さて、ここで「切磋琢磨」が出てきました。

この切磋琢磨を、私たちがふだん使っている「仲間同士が互いに励まし合い、競い合って向上すること」という意味で読むと、ふたりが何をいっているのかが全然わからなくなります。

実は切磋琢磨は、4文字でひとつではなく「切」「磋」「琢」「磨」とひとつひとつが違う意味を持っています。

この4文字に共通するのは「素材を加工して付加価値のある何かを作り上げる方

法」をいうということです。違いは各々が磨く素材です。
「切」とは骨器を作るために骨を削ることをいい、「磋」とは象牙を細工すること、「琢」は玉を、「磨」は石を磨く方法をいいます。

骨や象牙、玉や石を加工するには、おのおのに合った方法があります。その方法を間違えると美しく仕上げることができないどころか材料をダメにしてしまいかねない。たとえばダイヤモンドを研磨するもので真珠を磨けば、真珠を壊してしまいかねません。

その素材に合った方法を見つけ、それによって素材を磨く、それが「切磋琢磨」なのです。

人も同じです。誉められて伸びるタイプの人に厳しくし過ぎるとダメになってしまいます。逆に厳しくされないとダメな人に誉めてばかりいては才能を開花させることができません。

人の育て方は、その人、ひとりひとりに合った方法があります。間違った方法で、人を教育しようとすると才能を潰してしまいます。その人、ひとりひとりの性質を理解し、その人に合った方法で育てる。それが「切磋琢磨」なのです。

子貢がお金持ちだということは、彼はお金が好きだったのでしょう。政治の世界でも成功しているということは、政治が好きだったに違いありません。

それに対して貧困を楽しんだ顔回は、金儲《かねもう》けや政治への興味はないし、その才能もなかった。

子貢がそんな顔回の生き方をマネしてもうまくいくはずがありません。顔回のマネをしていたら、子貢はその才能を開花させることもできないし、その才能を枯らしてしまうことにもなる。

顔回も子貢も、目指すところは一緒です。しかし、そこに到達するには、いろいろなルートがある。

自分に合ったルートを見つける。それが「切磋琢磨」なのです。

孔子の言葉から「お前にはお前に合った成長の仕方があるよ」という真意を知った子貢は『詩経』の切磋琢磨を引用しました。

子貢は孔子の言葉を自分のことだけに限定せずに、それを普遍化しました。

「私はいまのお言葉を、あらゆる人には、その人に合った才能の伸ばし方がある、という風に理解しました」ということを『詩経』の言葉で孔子に返したのです。

それを聞いた孔子は感動し、「諸《これ》に往を告げて来を知る者なり」といいました。

「往」というのは「行く」、「来」とは「来る」ことです。

学んだことをまずは自分のものにする。それが「往」です。テストでいえば100点を取るようなものです。

しかし、それではまだまだです。そこからさらに自分なりに敷衍《ふえん》して、その人だからこそのものにして相手に返す、それが「来」です。

子貢がこの境地に達するまでには、彼の中に鬱積していた、おそらくは長い苦しみがあったはずです。

その苦しみの果てに「来」としての「知」を獲得したのです。

切　磋　琢　磨

何を言う
俺は本を楽しむ心を
俺はゲームを愛する心を
それぞれの方法で磨いていたのさ！
へえ…
そうなんだすごーい
魅力的じゃなーい！
ははは
別に魅力なくてもねえ

自分なんてダメなやつだと思うなら

……脱同一化のすすめ

自己嫌悪に陥ること、ありませんか。

私はあります。よく陥ります。

何もなくても陥りますが「過ち」をおかすと、さらに陥ります。そして、私はよく「過ち」をおかします。ミスも過ちに含めれば、しょっちゅうしています。いや、一日に何度もしています。いやいや、過ちだらけの人生です。毎日しています。

しかし、過ちとは、それは直せば過ちではなくなるし、10年も経てばほとんど人が覚えていないものです。それでもやはり過ちをおかしてしまったときには落ち込みます。みんながするものだとわかっていても落ち込みます。

そんな「過ち」について、孔子はどういっているのでしょうか。『論語』の中では、孔子は過ちについて何度か言及していますが、そのうちふたつを紹介しましょう。

まず「過ちて改めざる、是れを過ちと謂《い》う」といいます。**過ちは誰でもする。それを改めれば、もう過ちではない。過ちをしても改めない、それを過ちというのだ、**そういいます。

もうひとつは「過ちては則ち改むるに憚ること勿《なか》れ」です。**過ちをおかしたら、躊躇せずに改めなさい**といいます。

ともに「過ち」には「改める」ことが大切だといっています。そこで、「過ち」と「改める」について考えてみましょう。

まず「**過ち**」ですが、これには「辶（シンニョウ）」がついていますね。「辶」がついているということは、これは歩くことや道に関連した文字だということです。「通過」というときの「過」がもとの意味に近いでしょうか。また、「過剰」の過でもあります。

たとえば小学校までアメリカで過ごした子が日本の中学に入る。アメリカでは、授業中に自分の意見をいうことがいいことだとされていた。ところが日本の中学では、そういうことをすると目立ちたがり屋だとかウザいとかいわれる。

アメリカから日本への「通過」の過程で、その習慣を変えることができなかった子が、**「過剰」としての「過ち」**として現れてしまったのです。

アメリカから日本へだけではありません。反対もあります。日本のように授業中に何も話さない子は海外では意志がないと思われたり、あるいは不気味に思われたりもします。マイナスの過剰です。

風習の違う土地からやってきた人が、前の土地のままで生きようとすると、それが「過剰」としての「過ち」として現れるのです。

空間的な通過だけではなく、時間的な通過もあります。

大人になっても何かイヤなことがあると子どものような反応をしてしまったりするのは時間的な通過がうまくできなかったことによる過ちです。また、老人になっても自分が若いつもりになって病気やケガをしてしまう。

しかし、これらからもわかるように**「過ち」というものは空間的・時間的な問題であり、絶対というものはありません。**

これは絶対悪だと思われている殺人ですらそうです。国家的殺人である死刑は日本では容認されていますし、戦争になれば殺人こそが誉められます。映画『チャップリンの殺人狂時代』の中には「1人の殺害は犯罪者を生み、100万の殺害は英雄を生む」というセリフがあります。

❖過ちのある世界で生きていくには

「過ち」に《絶対》はありません。

「なんか生きづらいな」と思ったら、自分がいまの土地、いまの時代に合っていない可能性が高いのです。それを貫き通せる人だったらいいのですが、自分が生きている世界で「過ち」を抱えて生きていくのはなかなかつらいことです。

そういうときに孔子は「**改めることを躊躇しない方がいいよ**」といいます。

それが「過ちては則ち改むるに憚ることなかれ（過則勿憚改）」です。

では「改める」とは何でしょうか。

「改」の字を分解すると左が「己」、右が「攵」になります。

右の「攵」は「教」や「激」という漢字にもあるように「手に鞭を持ってビシビシと打つ形」です。

左の「己」は己れ、自分です。

そこで「改」とは「己れを鞭で打つように厳しく反省し、行動の変容を起こすことだ」という人がいます。しかし、甲骨文字で「改」の字を見ると、左側は「己」ではなく「巳」、すなわち蛇になっています。

打つのは己れではなく、己れの中の「蛇」なのです。

もちろんこれは、本当の蛇ではなく、過ちの象徴としての蛇です。古代的な用語でいえば自分にかけられた「呪詛《じゅそ》としての蛇」です。

「改」とは、そんな呪詛を解く、呪術的な儀礼なのです。

その人の本質ではない部分、過剰な部分である「蛇」を打つのが「改」です。**ですから「その人」、あるいは自分自身を鞭打ってはいけません。**過剰な部分である象徴としての「蛇」を打つ。「過剰」を憎んで「人」は憎まず、です。

しかし、打たれれば痛いものは痛い。「お前が憎いんじゃない。その行動が問題なんだ。だから叱っているんだ」という人がいますが、それでも叱られればつらいし痛い。

それは「過ち」と自身とが同一化してしまっているからです。たとえば、身体の過剰部分である「髪」を打たれても痛くはないけれども、「爪」を打たれれば痛いようなものです。同じ過剰部分でも爪と身体とは同一化しているからです。

ですから、最初にすべきは自分自身と過剰部分とを分けることです。

⁘脱同一化してみよう

私たちは自分のさまざまな面と同一化しています。

自己紹介するときにはたとえば私ならば「私は能楽師です」といいます。しかし、遊んでいるときには能楽師ではない。南の海で泳いでいるときも能楽師ではない。あたりまえですね。

しかし、どんなときでも職業的な役割が出てしまうという人がいます。たとえば、学校の先生が自分の子どもに対しても先生のように振る舞ったら、子どもにとっての家庭は息苦しい場所になってしまいます。ビジネスマンが遊びに行った場所でも原価計算などをしていたら白けます。このようなものを**過剰な同一化**といいます。

サイコシンセシスの創始者であるロベルト・アサジョーリは、同一化はその人の自由を奪うといいます。

> 私たちは自己同一化しているすべてのものに支配されます。私たちは自分が脱同一化するすべてのものを支配し、コントロールすることができます。（『サイコシンセシス』）

これは「過ち」もそうです。

「私は時間が守れない」という人がいたら、その人は「時間が守れない」ということと「私（自己）」とを同一化しています。「仕事がのろい」とか「人前で話すのが苦手」とかいうのも同じです。「時間が守れない」とか「のろま」という状態と「私」とを「be動詞」でつないでしまっているのです。

しかし、それは「私」のひとつの側面にすぎません。よくよく考えてみると、約束の時間よりも先に行くことだって（ごくたまに）あるし、素早く行動することだって（たまには）あるでしょう。

自己同一化を作るものは、自分だけではありません。近くにいる人から「お前は遅刻ばかりしている」といわれ続けると、そのような人になってしまいます。「お前はのろまだ」もそうですし、「お前は口下手だ」もそうです。

そういう人は、よく「お前のためを思っていっているんだ」といいますが、そんなことはありません。あなたのそういう面で不利益をこうむったり、気分を害したりするからそういうのです。

思い出してください。**打ってもいいのは、あなたの過剰な部分だけです。**

しかも、それをしていいのは、あなた自身と、過剰な部分とをちゃんと分離してくれる人だけです。まだ、分離できていないうちは、そのような言葉は、あなたの同一化を強化するだけです。そういうことをいう人とは、できるだけ（そっと）距離を置いた方がいいでしょう。

そして、ふだんから脱同一化の練習をしておくことをおすすめします。

ひとりになれる場所で、ゆっくりと呼吸をして、リラックスして行いましょう。

たとえば私でしたら「私は能楽師です。しかし、これは私の役割にすぎません。それは私自身ではありません。私には役割はありますが、私は役割そのものではありません」と何度か繰り返します。

「時間が守れない」や「のろい」は性質です。性質からも同じように脱同一化します。

「え、そんな簡単なことで脱同一化できるの」

そう思われるでしょう。むろん時間はかかります。何カ月も、あるいは何年もかかるかもしれません。どれくらいかかるかはあなたがそれとどれだけ深く自己同一化しているかによって変わります。しかし、思ったよりも効果的です。

これは「こわれたレコード」テクニックと呼ばれているものです。何度も何度も繰り返していると、いつの間にかそれが自分にしみつきます。

むろん、人からいわれる悪い言葉もそうです。だからそういうことをいう人は避けるようにするのも大切なのです。

なお、サイコシンセシスでは「身体」・「感情」・「マインドと思考」から脱同一化し、そのあとで「セルフへの同一化」をするための方法が提案されています。

それに関してはサポートページに掲載しておきますので、お読みください。

過剰を改める

「過ち」は「過剰」な部分…
何のことだろう?
俺なんて過剰どころか不足してる
仕事も恋も…
あと、ものが持ちづらい
爪が過剰だろ

こんな俺が変われるのかな？
パチッ
あら不思議
爪を切ったら仕事がみつかった！
彼女とも復縁できた！
俺がダメなんじゃなくて
俺の「過剰」がダメだったのか

みんなと同じことをするのが苦手なら

……「君子」を目指す

2500年以上経っても、人々から尊敬される孔子。

彼がこれだけ優れた人になれたのは、みんなと違う人だったからです。

みんなと違うといっても、優れていたからというわけではなく、卑賤の人として差別されていた、そういう意味での「違う」人でした。両親の結婚も祝福されたものではなかったようで、それも差別と関係があったかもしれません。

身体的にもふつうとは違っていました。とても背が高かったという説と、とても低かったという説があり、よくはわからないのですが、少なくともふつうではなかった。

また、頭のてっぺんがへこんでいたという説もあります。

生まれも育ちも身体もふつうではなかった。

実はこれが、孔子が重視した「君子」と関係があります。

⁘君子と小人とは？

『論語』の中には「君子」と「小人」という言葉がよく出てきます。

ふつうは「君子」は徳の備わった立派な人、「小人」はダメな人といわれていますが、『論語』の中には、君子がどういう人であるとか、小人がどんな人であるのかの説明も定義もありません。

そこで、『論語』の中で君子と小人がどう書かれているかを見ていきましょう。


子曰《い》はく、君子は和して同ぜず、小人は同じて和せず

君子は「和」をする、小人は「同」をすると書かれています。

「和（龢）」というのは、もともとは竹でできた何本かの笛をまとめた形です。「和」というのは、いろんな笛の音を一緒に出すことをいいます。

人間関係でいえば、みなが自分の好きなことをする、それが「和」です。君子はこちらをします。それに対して小人がするのは「同」。みなが同じことをすることです。よく「和を乱す」といいますが、あれは間違いです。和というのはみなが好きなことをするので乱すも何もない。それをいうなら「同を乱す」です。

また、次のような文もあります。

君子は諸を己に求む、小人は諸を人に求む

何か問題が起きると、「自分が悪かったんじゃないか」と思うのが君子です。**それ**

に対して小人は「お前が悪いからだ」という。あなたはどうでしょう。

人が集まったら、ひとりひとりが好きなことをする方がいいですか。あるいは、みなと一緒に何かをすべきだと思っていますか。

何か問題が起きたときに「ああ、私のせいだ」と思うでしょうか。あるいは「あいつが悪いからだ」と思うでしょうか。

ひとりが好きな人、自分を責める人ならば君子です。みんなと一緒に何かをするのが好きで、そしてすぐに他人のせいにするのは小人です。あなたはどちらでしょう。

⁘君子と小人の語義

君子と小人がどのような人かは何となくわかったと思いますが、君子と小人の定義を他の古典や漢字から見ていきましょう。

まずは「小人」です。

小人という言葉は『書経（尚書）』の中にもあります。ここでは「庶民」、「大衆」、あるいは「ふつうの人」という意味で使われています。『論語』の小人も、これと同じく「ふつうの人」と読んでみると、意味がすっきりします。

ふつうの人は群れたがる。ふつうの人は何かあると人のせいにする。

では、君子はどうでしょうか。

「君子」の「君」は、もともとは佝僂《くる》（背骨が曲がる病気）の人をいいます。「尹＝君」とは身体に障害を持った人をいう言葉でした。

古代中国では聖人たちはみな欠落を持っていました。身体だけでなく、精神的な欠落を抱えた人もいました。『論語』を書いた孔子も、身体的、社会的に欠落を持って生まれました。

そういう人は、迫害され、差別されながら育ったはずです。しかし、身体的・精神的欠落を持つことや、出生において欠落を抱えて生まれてくるということこそが、聖なる印であり、聖人になるための必須条件でした。

❖九思トレーニング

欠落を持った人が君子になるためのトレーニング方法が『論語』の中にいくつか紹

介されています。

ここでは「九思トレーニング」を紹介しましょう。

「思」というのは「深く思うこと」をいいます。「九」というのは9つのシチュエーション、「見る、聞く」・「容貌、態度」・「言葉、行い」・「疑い、怒り」、そして「何かをゲットするとき」です。

まずはひとつを詳しく見ていきましょう。「忿（怒り）」です。

怒りを感じたとき。そういうときには「難」について「思」、すなわち深く思いを巡らすといいと孔子はいいます。

難を思うといってもいろいろあります。まずは未来の難について深く思いを巡らします。目の前でひどいことをいわれる、頭にくるようなメールが来た。思わずムカつく。小人（ふつうの人）だったらそこで「何をいうんだ」と怒って反応します。

しかし君子は、「もし、この怒りにまかせてひどいことをいったら、あとでどのような問題（難）が生じる可能性があるか」、それをじっくりと深く考えます。それが第一の「難を思う」です。

もうひとつの難は「相手の難を思う」です。「思いやり」の難です。「難」という漢字には「憂い」、「苦しみ」という意味もあります。

たとえば、食堂に入ったら女性の店員がやってきて、何もいわずに水をドンッとテーブルの上に置き、注文も取らずに行ってしまった。思わずムカッときます。「客に対してなんて態度だ」と思う。しかし、ここで彼女の難を「思」ってみます。

ひょっとして彼女は数日前に最愛のご主人を亡くしたんじゃないか。本当はいまも悲しみに浸っていたい。しかし、幼い子を育てるためには無理をしてでも働かなくてはならない。だから、いまは他人のことなど構っている余裕はないのかもしれない。

そんな彼女の「難」を想像してみるのです。

私たちは「怒り」を感じたら自動的に反応をしてしまいます。それに一度ストップと唱えて、深く思ってみる。それが「九思トレーニング」です。

ほかの8つも簡単に見ておきましょう。

最初のふたつは「視（見る）」と「聴（聞く）」。

孔子は「視るときには『明』を思い、聴くときには『聡』を思う」ようにといいます。

「明」の昔の文字を見ると左の「日」は窓の形です。「明」とは窓から月を見ることをいいます。夜空にかかる月に「窓」という枠組みを与えることによって、それはより大きく、明るく見えます。**漠然とそれを見るのではなく、何らかの枠組みをはめてみる**、するとそれがよりはっきり、より明確になります。同じものでも、見方によってどう見えるかが変わります。

聴くときの「聡」の右側も窓枠です。聴くときにも枠組みをはめる。誰かのうわさが流れてくる。それをそのまま聞かずに、そのうわさの出どころはどこなのか。うわさを流している人に問題はないのか。その人は本当にそんなことをする人なのか、そういう自分なりの枠組みをふだんから作っておく練習をします。

「色（容貌）」と「貌（態度）」。

子どもは思った通りにならないと不機嫌になります。それから抜け出せずに、大人になっても不機嫌になることによって相手をコントロールしようとする人がいます。そのような方法を取らずに温和でいる。態度もそうです。

「言（言葉）」と「事（行い）」。

言葉は相手を傷つけもするし、元気づけもします。悲しませもするし、慰めもします。「本当のことをいって何が悪いの」という人は、本当のことをいっていません。バイアスのかかった偏った言葉であることが多い。**この言葉は相手を楽にさせる言葉**

だろうか、そう自問自答しながら言葉を発する。それが九思の「言」です。行動もそのようなつもりでします。

次は「疑」と「怒り」。

怒りは先ほどお話ししました。疑いには「問」を思います。「疑心暗鬼」という言葉があります。疑ってしまうことは仕方がありません。しかし、それを心のままに拡大させてしまうと疑いはどんどん成長して、顔つきも動作もみな疑わしくなり暗鬼すら生みます。九思では、疑いの心が生じたら、そこで一度ストップして、まずは問うてみよといいます。**心の中であれこれ考えるよりも、本人に問う、信頼できる人に問う、そして何より自分自身にじっくり問います。**

最後は「何かを得る」ときです。「義」を思います。

「義」という漢字の中には「羊」が入っています。生贄の羊です。「義」というのは完全な生贄のこと。そこから神意にかなうことをもいうようになりました。「義《ギ》」の音は「宜《ギ》（＝よろし）」にも通じます。

「欲に目が眩む」といいます。望外の報酬を提示される、おいしい仕事の話をされる、「こうすればもっと儲かる」といわれる。思わず目が眩む。が、そんなときこそ、それを引き受ける前に一度ストップして、ちゃんと「思」をする。そしてそれが「義」かどうかをチェックする。そうすることによって、過ちの泥沼に陥らなくてすむのです。

九思トレーニングといっても「怒りを感じてはいけない」ではありません。感じるのはあたりまえ。

ただ、それに自動的に反応する前に「思」をする。それが九思トレーニングです。

九思トレーニング

久しぶりの運転で気をつけてるのかも
大切な荷物を運んでるとか
われもの
子どもが車酔いしないようにゆっくり走ってるのかな?
そっか色々あるよね
思いやりを持てたら君子!

「強い心」ではなく、「ゆるいこころ」で生きていく

本書を文庫にするにあたり何か新しい作品を、というお話を編集の方からいただきました。それならば世界的にも有名な日本の古典『源氏物語』はいかがですかとお伝えしました。

『源氏物語』は、日本の古典文学というだけでなく、30以上の言語に翻訳されている世界文学です。最初に外国語に（ほぼ）全巻翻訳をしたのはイギリス人のアーサー・ウェイリー、当時は大英博物館のキュレーター（学芸員）でした。

今年（2024年）は、Eテレ（NHK）の「100分de名著」という番組で、このウェイリー訳の『源氏物語』が取り上げられ、私が講師として出演しました。また、来年、2025年はウェイリー訳が出て、ちょうど100年目に当たります。

彼の翻訳がきっかけになり、『源氏物語』が世界に知られることになりました。

ところで、『源氏物語』、読みましたか。

日本人でも全巻読んだという人は少ないのではないでしょうか。

何といっても長い。全54帖《じょう》もあります。

「漫画の『あさきゆめみし』なら読んだ」という方もいるかもしれませんが、それでも大量。原文と注釈だけが載っている岩波文庫版が全9冊。これに現代語訳が付くとさらに量が増える。

量だけで読む気をなくしてしまいます。

それだけではありません。

「あんな女ったらしの光源氏なんて嫌いだ」

そういう人も多いでしょう。

確かに原文を読まずにあらすじだけ見ると、手あたり次第に女性に声をかけていく、ただの女ったらしのように感じてしまいます。

しかし、光源氏はただの女ったらしではありません。出会った女性の隠れた魅力を引き出し、そしてその女性を変容させる、そんな力がある存在なのです。

本居宣長は『源氏物語』を「あはれ」の文学だといいました。「あはれ」というのは、「ああ」という深いため息から出た言葉であるということを第2章でお話ししました。

満開の桜を見て「ああ」と感動する。中秋の名月を眺めて「ああ」とため息をつく。イケメンを見たり、美人を見たりして、「ああ」と惹かれてしまう。

それが「あはれ」です。「感動力」といってもいいでしょう。

光源氏は、女性を見ると「ああ」と感動して、思わず歌を詠いかけてしまいます。これがただの口先ではなく、お腹の奥から出た深い「ああ（あはれ）」なので、声をかけられた女性も思わずそれに反応し、社会人として隠していた「あはれ（感動力）」が引き出されて、思わず「ああ」となってしまうのです。

そして、光源氏と出会ってしまった女性は、それまでそんなに感動しなかったものに対しても「あはれ」を感じるようになります。彼女の世界が変わるのです。

世界が輝く。が、つらいことはさらにつらくもなる。

ジェットコースターのような人生になってしまいます。

❖こころころころ

脳科学者の毛内拡《もないひろむ》氏と対談したときに、この「あはれ」を現代の言葉でいうと「情動」ではないかという話になりました。英語でいえば「エモーション(emotion)」です。「情動」という語にも「動」が入っていますし、エモーションにも「motion(動き)」が含まれます。「あはれ(情動)」とは、動きがあり、変化がある心の働きです。こころころ動く思いです。

人間でいえば赤ちゃんの心です。

泣いている赤ちゃんがいます。そこで、おっぱいをあげる。すると、泣きやみます。で、楽しいことがあればすぐに笑う。涙を頬につけたまま笑っています。

「今ないたカラスがもう笑った」といいますが、それが赤ちゃんです。

第4章で少し触れましたが、江戸時代の国学者、小野高潔《おのたかきよ》は「こころ」というのは「ころころ変わる」が語源だといいました(『百草露《ひゃくそうろ》』)。これが正しいかどうかはともともかく、なかなか面白いので、以下「あはれ（情動）」のことを「こころころころ」と呼ぶことにしましょう。

さて、「こころころころ」を持った赤ちゃんに対して、大人は違います。泣いていると「なぜ、泣いているの」と聞かれます。「恋人にふられたのよ」と説明する。そして「ひどい男ねえ」なんていわれると、もっと話したくなる。

言語で説明すればするほど、その思いは定着し、そこから離れられなくなります。何か楽しいことが始まっても、そう簡単には笑えません。情動（こころころころ）が言語によって定着して、なかなか変化しないものに変わってしまうのです。

∴光源氏という人物

「あはれ」に対して、言語によって定着した情動、それが感情（フィーリング：feeling）ではないかと毛内氏はいいます。

人はもともと「こころころころ」を持って生まれてきます。泣いたと思えばすぐに笑うし、あれが欲しいといっても、すぐに忘れてほかのものが欲しくなるし、興味だってあれこれ変わる。本当は授業中だって座っていたくない。

それが自然なのです。

しかし、周りの大人から「何かひとつに決めなさい」とか「考えをころころ変えるのはダメなの」とか「もっと落ち着きなさい」とか、そんなことを何度も何度もいわれるうちに「変わらない心（感情：フィーリング）」を身につけていくのです。

が、中には「こころころころ」を持ったまま大人になる人がいます。光源氏もそういう人なのです。

こういう人は、いまではＡＤＨＤ（注意欠如・多動症）と呼ばれてしまいかねません。

念のため注意をしておきますと、「この人はＡＤＨＤだ」と診断することができるのは専門家（精神科医）だけです。たまに学校の先生などが「この子はＡＤＨＤだ」なんていうことがありますが、そういうのは絶対ダメです。「お腹が痛い」という人に「あなたは大腸がんだ」というようなものです。

また、ＡＤＨＤの診断には（私が知る限り）数時間かかります。数分〜数十分面接したただけで、そのようにいう人も信用なりません。精神科医だって、ひとりの意見ではまだ「疑いがある」程度です。「自分はＡＤＨＤかも」と思う方は複数の精神科医の方に診てもらうといいでしょう。

精神科医がＡＤＨＤの診断をするときには、アメリカ精神医学会のＤＳＭ－５－ＴＲ（「精神疾患の診断・統計マニュアル 第5版」）を使うことが多いそうです。それには「不注意」と「多動－衝動性」の両面からの診断基準が書かれていて、その「すべての」条件が満たされ、しかも一定期間ずっと続いたときに、はじめてＡＤＨＤと診断されるのです。

ＤＳＭ－５－ＴＲほどちゃんとしていない、アンケート形式で「ＡＤＨＤの可能性があるかどうか」をチェックするようなものが市井には出回っています。それを見てみると、たとえばこんな質問項目があります。

・何かを成し遂げるときにツメが甘いということがありますか
・計画性を要することをするのに作業を順序立てるのが困難ですか

・やらなければならないことや約束を忘れることはありますか
・じっくり考える必要のあるタスクを避けたり、遅らせたりすることはありますか
・長時間座っていなければならないときに、手足を動かしたり、もぞもぞしたりすることはありますか

大人でこういう傾向があるとADHDの傾向があるといわれてしまいますが、しかし「こころころころ」の子どもだったら、すべて当てはまりますし、それが当然なのです。

そして、光源氏もそうです。

このアンケート項目に沿って『源氏物語』の中の光源氏の行動を読むと、たくさん見つけることができます。

そのひとつの例を紹介しましょう。これは、ちょっと見には上記の基準とは違うので、ここで紹介しておきます（わかりやすい例はたくさんありますので、ぜひご自分でも見つけてみてください）。

❖ロミオとジュリエットのような恋

帖でいえば10番目の「賢木《さかき》」帖。光源氏が25歳頃の話です。

当時、彼には何人かの恋人がいました。そのひとりが朧月夜という女性です。

彼女と光源氏は以前から数度の関係がありました。朧月夜は、なかなかモテる女性で、帝も彼女のことを好きになりました。そこで、帝の妻のひとりになるという前提で、彼女は宮中に上がりました。ところが瘧《おこり》という病気になり、その療養のために、少しの間、実家に戻っていました。

で、この実家というのが問題で、光源氏や彼の母である桐壺更衣《きりつぼのこうい》をイジメまくっていた弘徽殿大后《こきでんのおおきさき》（元・女御）の実家、右大臣家です。そうなんです。朧月夜は、宿敵、弘徽殿大后の妹なのです。

そして、光源氏の後ろ盾となってくれている左大臣家と、この右大臣家とはライバル関係。『ロミオとジュリエット』のモンタギュー家とキャピュレット家のような関係です。

ふつうだったら恋愛関係になってはいけない。

ところが光源氏には変わった性格があったのです。それは……

「障害のある恋にのみ萌える」

……という性格。

相手は帝の后候補、しかもその実家は敵の家。

萌え（燃え）ないわけがない。

しかも今は実家に戻っているという。

危険を承知で光源氏は彼女の元に通います。彼女も、光源氏が好きですし、しかも危険な恋が好きな女性なので受け入れる。これが、一度でやめればいいものを何度も通う。内緒で通っていたけれども、何度も何度も通ううちに、ふたりの逢瀬《おうせ》に気づく人も多くなってきます。

そして、とうとうある日、彼女の父である右大臣に見つかってしまうのです。それを光源氏のことが大嫌いな弘徽殿大后に告げ口され、光源氏は都を出て行くという最悪の結果を招くようになってしまうのです。

そのとき、光源氏は思います。

「あ〜あ、一応まずいとは思っていたんだけどね。とうとう、それが積もりに積もって、世間から非難されることにまでなっちゃった（つひに用なき振る舞ひのつもりて、人のもどきを負はむとすること）」

これはADHDアンケートにあった「じっくり考える必要のあるタスクを避けたり、遅らせたりすること」です。よくよく考えればヤバいということはわかっていた。あとで考えれば、やめておけばよかったとわかる。でも、それを熟考して、回避するのが苦手なのです。

「わかっちゃいるけど、やめられない」

それが光源氏です。

⁘つらくならない生き方

みなさんにもありませんか、こういうこと。

「そんな危険な恋なんてしないよ」という方でも「わかっちゃいるけど、やめられない」はあるのではないでしょうか。

たとえば試験前。「勉強しなければならない」ということはわかっていた。机には向かった。でも、漫画を読んだり、スマホを見たりしてしまい、そして、当日。

「あ〜あ、もっと早くやっておけば」と思う。

これは光源氏と同じ、「じっくり考える必要のあるタスクを避けたり、遅らせたりすること」です。

でも、でもね。僕は思うんですよ。

これって、ほとんどの人がそうなんじゃないかと。むろん、そうではない人もいるでしょう。しかし、大人になっても「こころころころ」を心のどこかに持っている人にはこのような傾向があるのではないでしょうか。

そして、それを一生懸命におさえつけて、叱られないようにとか、問題が起きないようにとか、一生懸命に毎日を生きている。

だから毎日、疲れてしまう。生きるのがつらいと感じるのです。

ここで心を入れ替えて「ちゃんと生きよう！」と決心をするという生き方もあります。しかし、光源氏のように「こころころころ（情動）」で生きてしまおう！　と決めてしまうという手もあると思うのです。

むろん、ずっと「こころころころ」で生きようなどと完璧主義者になる必要はありません。

あんな自由な恋愛をしていた光源氏だって、自分の息子である夕霧《ゆうぎり》には「結婚はちゃんと考えなくてはダメだぞ」と意見したりしています。「どの口がいう」と思ってしまうのですが、それでいいのです。

あるときは「こころころころ」で生き、そしてあるときは「大人の心」で生きる。そういう「ゆるさ」でいいのです。

１９７０年代に「アイデンティティ」という考え方が日本を席巻しました。それから日本人は「自分とは何か」とか「自己実現」とか「自分の一貫性」などを求めるようになりました。しかし、「光源氏」というのがただの名であるように、もともとそういうものはありません。一貫性なんて、本当はなくても構わないのです。

ときにはこちら、ときにはこちらとゆらゆらすることこそが「こころころころ」人です。

強い心ではなく、ゆるいこころ、盤石のような強い心ではなく、「豆腐のようなゆるいこころ」で生きていく。

そんな古典の主人公はたくさんいます。

が、それについてはまたお話ししていくことにしましょう。

こころ　ころころ

「こころ」は
ころころ
動くもの…
ころ
ころ
絶世の美男子
光源氏も
ステキー!!
こころが
あちらへころころ
こちらへころころ

ある時は
宿敵・弘黴殿大后の妹
朧月夜と恋に落ち…
難しい恋って
燃えちゃうなあ！
いや
ダメだろ
大后
ついには
都にいられなく
なってしまった！
あーあ
まずいとは
思ってたんだ
けどねー
すま
でも
そんなところも
かわいいよね！
ゆるいのも
魅力なのかな？

おわりに

最後までお読みいただき、ありがとうございました。

いかがでしたか。

ちょっと物足りなさを感じたかもしれません。

「具体的にどうしたらいいのか、それを詳しく知りたい！」

そう思う方もいらっしゃるのではないでしょうか。

実は、本書の原稿はこの倍ほどもありました。しかし、ページ数を増やしてしまうと価格もあがってしまう。ですから泣く泣く半分ほどに削りました。

特に削ったのはエクササイズや実習部分です。

しかし、むろんエクササイズも実習も大切です。そこで、本書ではサポートページを用意しました。エクササイズや実習に関して、詳しく解説したり、音声ファイルを載せたりしています。実際にやってみたいという方は、どうぞこちらをご参照ください。

http://watowa.net/kotenwoyondara/

さて、本書で扱っているものは『論語』から『おくのほそ道』までの古典です。『論語』は、およそ紀元前５００年ごろに活躍した孔子やその弟子たちの言行録ですから、いまから２５００年も前の記録です。

いまから２５００年も前の人の話が書かれた本がいまでも残っているのってすごくないですか。現在、出版されている本で、これから２５００年後に残っているものはどのくらいあるでしょう。本だけではありません。映画やゲームもそうです。周りを見渡して、２５００年後に残っていそうなもの、どのようなものがあるでしょうか。本書で扱っている一番新しい『おくのほそ道』だって３００年以上も前のものです。

こんなにも長い間、読まれ続けたので「古典」と呼ばれるようになりました。「古典」の「古」は、ただ古いだけではありません。もともとはヘルメット（兜）の形だという説があります。ですから、古を囗（くにがまえ）で囲むと「固」

になります。固いもの、すなわち長い時代を経ても変化せずに残ってきたもの、それが古典です。

古典は、国や政府によって保護されたから残ったわけではありません。能もそうですが、何度も何度も世の中から消えてしまいそうになる危機を経験しました。それでも現在まで残っているのは、人々に愛され続け、そして読まれ続けたからです。それは、私たちの生活に必要だったからです。

ふだんはその必要性はあまり感じないかもしれません。しかし、人生の危機に直面したとき、生きているのが苦しくなったとき、古典は生きる知恵を教えてくれます。そして、そうなるまで、余計な手出しをせずに、静かに待っていてくれます。

崖から落ちてきそうな子を受け止めてくれる「ライ麦畑のキャッチャー」のように。

主要参考文献

第1章　古事記

角川書店編『ビギナーズ・クラシックス 日本の古典 古事記』角川ソフィア文庫
中村啓信訳注『新版 古事記 現代語訳付き』角川ソフィア文庫

第2章　和歌

角川書店編『ビギナーズ・クラシックス 日本の古典 万葉集』角川ソフィア文庫
中島輝賢編『ビギナーズ・クラシックス 日本の古典 古今和歌集』角川ソフィア文庫
小林大輔編『ビギナーズ・クラシックス 日本の古典 新古今和歌集』角川ソフィア文庫

第3章　平家物語

角川書店編『ビギナーズ・クラシックス 日本の古典 平家物語』角川ソフィア文庫
安田登『NHKテキスト 100分de名著 平家物語 2020年5月』NHK出版
杉本圭三郎『新版 平家物語 全訳注』(一)〜(四)、講談社学術文庫

第4章　能

網本尚子編『ビギナーズ・クラシックス 日本の古典 謡曲・狂言』角川ソフィア文庫

安田登『能　650年続いた仕掛けとは』新潮新書

第5章　おくのほそ道

松尾芭蕉、角川書店編『ビギナーズ・クラシックス 日本の古典 おくのほそ道（全）』角川ソフィア文庫
安田登『本当はこんなに面白い「おくのほそ道」 おくのほそ道はRPGだった！』じっぴコンパクト新書
松尾芭蕉、潁原退蔵・尾形仂訳注『新版 おくのほそ道 現代語訳／曾良随行日記付き』角川ソフィア文庫

第6章　論語

加地伸行『ビギナーズ・クラシックス 中国の古典 論語』角川ソフィア文庫
金谷治訳注『論語』岩波文庫
安田登『身体感覚で「論語」を読みなおす。 古代中国の文字から』新潮文庫
高橋源一郎『一億三千万人のための「論語」教室』河出新書

「強い心」ではなく、「ゆるいこころ」で生きていく

柳井滋・室伏信助・大朝雄二・鈴木日出男・藤井貞和・今西祐一郎校注『源氏物語』（一）〜（九）、岩波文庫
毬矢まりえ＋森山恵姉妹訳『源氏物語　A・ウェイリー版』1〜4、左右社

安田 登（やすだ・のぼる）
能楽師（ワキ方下掛宝生流）。日本や海外の能の公演に出演。また神話『イナンナの冥界下り（シュメール語）』でのヨーロッパ公演や、金沢21世紀美術館での『天守物語（泉鏡花）』、『芸能開闢古事記』など、能・音楽・朗読を融合させた舞台を数多く創作、出演する。NHK Eテレ「100分de名著」『平家物語』・『太平記』・『ウェイリー版・源氏物語』講師。
著書に『名場面で愉しむ「源氏物語」』（平凡社）、『話はたまにとびますが「うた」で読む日本のすごい古典』（講談社）、『あわいの力「心の時代」の次を生きる』『三流のすすめ』（以上、ミシマ社）、『野の古典』（紀伊國屋書店）、『見えないものを探す旅 旅と能と古典』『魔法のほね』（以上、亜紀書房）など多数。

・本作品は小社より2022年1月に刊行された『古典を読んだら、悩みが消えた。 世の中になじめない人に贈るあたらしい古典案内』を改題し、再編集して文庫化したものです。

だいわ文庫

つらくなったら古典《こてん》を読《よ》もう

著者　安田《やすだ》登《のぼる》

二〇二四年一一月一五日第一刷発行

発行者　佐藤 靖
発行所　大和《だいわ》書房
東京都文京区関口一-三三-四 〒一一二-〇〇一四
電話 〇三-三二〇三-四五一一

フォーマットデザイン　鈴木成一デザイン室
本文デザイン　アルビレオ
漫画・イラスト　イマイマキ
校正　牟田都子
本文印刷　信毎書籍印刷　カバー印刷　山一印刷
製本　小泉製本

ISBN978-4-479-32109-5
乱丁本・落丁本はお取り替えいたします。
https://www.daiwashobo.co.jp
JASRAC 出 2407873-401